董金义◎著

咏流年

安徽师范大学出版社
ANHUI NORMAL UNIVERSITY PRESS
·芜湖·

图书在版编目(CIP)数据

咏流年 / 董金义著.— 芜湖:安徽师范大学出版社,2021.12
ISBN 978-7-5676-5299-6

Ⅰ.①咏… Ⅱ.①董… Ⅲ.①散文集－中国－当代 Ⅳ.①I267

中国版本图书馆CIP数据核字(2021)第178759号

咏 流 年　　　　董金义◎著
YONG LIUNIAN

责任编辑:陈　艳　　　责任校对:谢晓博
装帧设计:丁奕奕　　　责任印制:桑国磊
封面题字:张　蕾
出版发行:安徽师范大学出版社
　　　　　芜湖市北京东路1号安徽师范大学赭山校区
网　　址:http://www.ahnupress.com/
发 行 部:0553-3883578　5910327　5910310(传真)
印　　刷:江苏凤凰数码印务有限公司
版　　次:2021年12月第1版
印　　次:2021年12月第1次印刷
规　　格:700 mm × 1000 mm　1/16
印　　张:13　　　　插　　页:2
字　　数:178千字
书　　号:ISBN 978-7-5676-5299-6
定　　价:56.00元

汪东的画

潘庆五的画

杨声的画

杨大全的画

丁汛的画

丁之贵的画

方宁的画

自　序

这本书的文章基本源自我为芜湖本地新闻媒体“今日芜湖”写的专栏“董咏流年”，结集时原取名“董咏流年”，后觉得不妥，故删去一字，取名“咏流年”。其实这个书名还是不太贴切，只是为了更接近专栏名称。有些文字并非只是咏叹一已流年，而是记述了与芜湖相关的畅销书作家、非物质文化遗产传承人、书画艺术家与他们浮沉在纸墨泥土上的艺术流年，总体上呈现了芜湖的地域文化特色，这也是成书的初衷。因为本书得到芜湖市委宣传部给予的宣传文化领域优秀人才专项资金扶持，我深感有宣传芜湖文化的使命，内心既感荣幸，也心怀感恩。

本书若论其特色，有以下几点：第一是“杂”。它不是纯粹的散文集，有大量艺术随笔和艺术小传，是集中展示、介绍芜湖书画名家的作品，当然还有许多芜湖书画名家未及采写，只有留待续集。第二是“情”。无论是写人记事，我总是以真情为质，一些篇章在成书前已被文学期刊和网站采用，从留言评论看，还是能够深深打动读者的。这也延续了本人一直提倡的作品要“以情动人”的理念。第三是“雅”。因为本人倾心书画日久，所以写起书画人生或评或述，并非浮于其表，有自己真切的认知，更因为无私无欲，人淡如菊，行文自能脱俗，文章之雅是源于书者心境少尘。

出版此书，并非只是为了单纯地完成一个文化项目，更多是源于本人对于生活多年的家乡——芜湖的热爱，爱亲人，爱乡土，爱艺术，爱文化。我想通过自己的笔，让更多的读者了解芜湖，了解芜湖的文脉与美。虽然不成系统，但读者与它相遇时，零碎间或许会有那么一些篇章让他产生共鸣，让他对芜湖人文生出一份亲切之感。

再次感谢芜湖市委宣传部给予文化的重视、扶持，同时也感谢出版社领导与责编对本书出版付出的辛勤劳动与支持关爱。

董金义

二〇二一年四月

目　录

第一辑　纪事芜湖

第二辑　艺文芜湖

第三辑 纸墨光华

第一辑

纪事芜湖

东郊路的岁月

当我写下“东郊路”三个字时，内心有一种莫名的忧伤，可能是对过往岁月的怀念。东郊路对有些芜湖人来说只是一条路，对我而言却是一段人生。最初那里只是芜湖的东郊，稍往东深入便有农田与菜地。但西头的东郊路口其实离镜湖、赭山很近。1994年我们家在东郊路洗布山10号定居下来。记得刚入住不久，有天傍晚，我信步到赭山顶，华灯初上，我向洗布山的方向望去，觉得闪烁的灯火中有一点豆亮属于自己，内心很是温暖。此前，我在乡下工作，一直是芜湖的“过客”，多少回暮色降临时，办完公事的我脚步匆忙地在这个城市寻找可以安身的旅店。今晚不用了，东郊路有我的家。德国著名小说家聚斯金德在小说《鸽子》中这样描述房子对于主人公约纳丹的意义：“这是他在这个动荡不安的世界上的安全岛，是他牢靠的支撑点，是他的庇护所，是他生活中唯一被证实可以依赖的东西。”的确，不仅是那个年代，直到现在也是，房子证明一种存在，甚至是一种尊严。

住到东郊路时，我的女儿刚刚可以上幼儿园小班；我在报纸上发的一些豆腐块文章剪下来刚刚只能贴满一本硬面抄；两年后这个城市才诞生一份像样的晚报；那时白天穿白大褂的我夜晚做着文学梦。每日送完女儿上学，我骑着一辆脚踏车经过东郊路去医院上班，会看见向路中间挤压的各色杂货摊，锅碗瓢盆、胶鞋雨伞、针头线脑，一应俱全。印象最深的是卖耗子药的，卖家打着快板哼唱：

> 上个星期我没来，你家老鼠排成排，冬咬棉夏咬单，二四八月咬衬衫。老鼠药不算贵，一毛钱一大包。老鼠吃了跑不掉，先麻嘴后麻腿……

还有卖藕稀饭的，能用木棒敲出节奏来。我很快喜欢上了东郊路，它的烟火味让我内心感到熨帖。

正是住在东郊路期间，我的人生有了很大的改变，从医院到报社，从医生到编辑，人生舞台与布景都变了。生活变成全新的。在这里，孩子由小变大，母亲慢慢变老。有一天下班，遇见母亲茫然地站在东郊路口，我跳下车问母亲要做什么，她有些腼腆地说：“儿子，回家走哪条巷?”正是从那一刻起，我觉得母亲开始老了。很多暮色四合的傍晚，我匆匆离开编辑部去学校接孩子，女儿靠在水泥球桌边，书包躺在一旁，孩子们都走了，只剩下她一个。我心里格外内疚，让她坐到自行车后座上，带她回家。

那些日子，东郊路低矮的出租房里还住着一些才子才女，比如我的同事谈正衡、唐玉霞，他们因为才华与理想走进芜湖，但那时人生地疏，居无定所。常有“北漂”之说，其实每个城市都有漂泊者，只是小城市的漂泊者，不太为世人关注。同在东郊路，我们散步聊天，有很多温暖的相聚。当年，我们胸怀理想，直到如今，我们还是一样亲近文字并坚持着。有文友说，坚持并非因为勇猛和自信，而是你与某件事狭路相逢，没有转身的余地。我曾经试着转身，可惜晚了。好在阅读和写作，最后都是识理，终其一生，也无不妥。

东郊路，有许多人物。在一个理发店，我常能碰到某位领导，坐下理发时偶尔与他寒暄几句。可能因为住得近，常遇见，多年后我们成为忘年朋友，一起打球、旅行，也聊文学，互赠出版的书。东郊路上还住着一位知名中学的语文教师，他是晚报《镜湖星月》的资深作者，也是我的棋友。一晚我们在他家对弈，有领导造访，胆小的我轻声问他要不要暂停。他摆摆手，叫来夫人：“先给领导倒杯水，我们这盘棋马上结束。”后来他跟我说：“来的，都是学生家长。”就是这位仁兄，某个深秋，去长江游泳被暗流卷走，居然又在几千米的下游爬上江心洲，喝了一肚子水的他，拼命求救，却不曾有船经过。失踪一夜，家人与朋友都急坏了，大家都以为他遇难了。几天后，他的《长江历险记》一文刊发在晚报上。

后来东郊路开发，我们拆迁搬走了，可还是藕断丝连，它常于深夜扰梦，今年尤甚，以至我近日开始动笔写一部长篇小说，名字就叫《东郊路》。如今八十多岁的母亲还独自一人住在东郊路，她不愿与子女同住。回迁那天，她的家什居然有一小卡车，有好几袋类似垃圾的旧物，搬家时我想扔掉，母亲急得跟个小孩一样直跳脚，只有依了她。很快，母亲把崭新的家弄成了废品站。客厅、房间、卫生间、厨房，到处堆放着废品。除了下雨，她每天都精力充沛地去东郊路上捡纸盒、广告纸、矿泉水瓶子，别人扔的旧包、小孩子玩坏的玩具，她也往家捡。每次去看她，她都要向我如数家珍地炫耀一番。无论春夏秋冬，如果你在东郊路上看到一个身体瘦小的老太太，拎个布袋沿路专心捡垃圾，孤独而从容，那就是我的母亲。

在医院工作过的我，知道母亲患上了老年性“集物癖”，这满屋的垃圾，在她的眼中都是宝，能给她带来温暖和安全感。每次散步看到小区拾荒的老人，总会有一些心痛，他们让我想起白发的母亲。我并不为母亲捡垃圾感到难为情，只是一再叮嘱母亲别去翻垃圾桶，太脏，也怕别人乱扔的碎玻璃伤了她的手。现在母亲真的老了，当我突然出现在她面前时，她往往一时半会儿认不出来。当年那个穿着清爽、麻利进出东郊路菜场的母亲再也不见了。

东郊路，曾是这座城市的边缘，萧索而沉寂。如今它已成中心地段，热闹繁华。但它仍然被称作“东郊路”。我喜欢它叫“东郊路”。人之所喜，有时莫名，可能是某种审美倾向所致。“东郊”二字映在心里，让我安静，心里也更沉着。

芜湖的水

芜湖紧依长江，又被青弋江环绕，是个水源丰富的城市，自古就是中国的四大米市之一。芜湖人多物丰，南来北往的客船商船在这里停下，水上漂来无尽的繁华。码头上各色的人来来去去，这个城市在水光里就显出活力来。那时芜湖的江面上还没有造桥，江里有风帆船、小渔船、小火轮，打渔人摇着橹在苇荡边忙着撒网，风浪时常见几叶小舟在江面上浮沉，白鸥在江面低飞。江心洲上云蒸雾绕，屋舍若隐若现，仙境似的。到了晚上，江上就只剩下点点渔火，虽说像南京秦淮河上的那种画舫是不多见的，但芜湖也不乏吟诗作画的文人雅士。

在芜湖吃水并不方便，直到20世

纪80年代初，你还能看到散落在居民生活区的水站。水站是水厂办的，一间小房内伸出个自来水龙头，许多居民排队大盆小桶接水回家，常常是大人有事叫小孩子早早地先排队，那个时候小孩子没少为争不到先生气。直到家家安上自来水管后，水站才退出历史舞台。眼下已经看不到水站了，二十岁左右的年轻人已经不知水站为何物了。

芜湖总是皖境中得风气之先的地方，就是现在，芜湖也是一样走在前列。你不必去开发区看，那是这座城市经济的旗帜，你只要看看芜湖的水面发生了什么变化就可以想见了。你就随便看看市中心的那汪镜湖吧。那儿的喷泉是七彩的，那儿的垂柳是舞女一样轻柔的，那里的茶楼通宵都有着迷人的灯光和音乐。这个湖是芜湖一位名士捐出几百亩田土疏浚而成的，它的秀丽成了这座城市一张明媚的脸。十几年前，芜湖终于为这位名士在湖边竖起一座塑像，他坐在鸠兹广场的草坪上，深情地望着一湖碧水叹息：八百多年了，故乡水哟，故乡人哟！他是谁？说出来你不会陌生，因为他不只属于芜湖，还属于中国的历史。他就是南宋状元著名词人张孝祥。被秦桧罢官后，他就一直住在镜湖边的归去来堂，一湖的水荡漾着他一湖的诗情。不过今夜面对镜湖，他一定是认不出来了，湖对面的步行街和那些西式建筑，还有茶楼里飘来的洋文歌曲，一定让他不知湖边是家邦。月光在步月桥下流淌，烟雨墩犹在，但他还能寻得见他的归去来堂吗？

芜湖的水在时光之水面前永远流淌着，流去许多又带来许多，这座两江（长江、青弋江）一湖（镜湖）相拥的城市，只要水不枯流不断，它就会一天一天从繁荣走向繁荣。如今，芜湖早就从镜湖文化走向长江文化，十里江湾，灯火璀璨，比之玲珑的镜湖更为雄阔壮美。

依水的芜湖永远是一位江南美丽的女子，水灵灵地散发着一股幽香与灵气，有着无比丰盈的未来。

芜湖的老街

提起芜湖的老街，芜湖人总是如数家珍：花街、儒林街、南正街、南街、西街、西内街、笆斗街……但如今你要是说带我到处转转，看看古色古香的老街，芜湖老乡就面露尴尬之色了。皆因这些老街不是随着城市建设消失了，就是老街虽在，破落得也只剩下些昔日的遗痕了。

我不是在芜湖长大的，我是成年以后才长居芜湖的，我对芜湖的老街老巷没有太多的真切记忆，但却有着浓厚的兴趣。我喜欢那些临街的砖木结构的徽式小二楼，鱼鳞黑瓦、马头墙、镂空雕花的木窗、钉着铜环的厚实的大门……还有狭窄的铺满青石的街面、各色各样的店铺、琳琅拥挤的商品、酒馆、澡堂、老虎灶……一切都浮着俗世的亲切，让人心里格外熨帖。我曾经因为迷路走进花街，花街建于宋代初年，坐落在芜湖古城南门中心区，因专营篾器、扎彩灯而闻名，成为竹器业一条街。花街两侧多为居家的店铺，依旧还见得到许多竹器。走在狭窄的街道上，仿佛走在某个小镇上，时间在这里似乎静止不动，那些坐在门口晒太阳的瘪嘴老太太仿佛遗世独立，与喧闹的市区好像隔着一个世界。

不过真正能够代表芜湖这座商业都市文化的老街应是十里长街。芜湖长街形成于明代中叶，至今已有500多年的历史。它东起高城板沿青弋江北岸伸展，西至宝塔埂，有一个高35米的砖塔，曾是古老芜湖的标志，长街就在这里煞尾。据说这被称作“中江塔”的灰色宝塔是为了镇留住滚滚涌入长街涌入芜湖的四方财源。十里长街店铺林立，市声若潮。最有名的店铺要数著名徽商阮弼开设的大染房，它是当时芜湖的浆染巨店，被史学家翦伯赞称之为明代全国五大手工业之一（松江的棉织业、苏杭的丝织业、铅山的造纸业、景德镇的制瓷业和芜湖的浆染业）。此外，还有张恒春药店、胡开文墨店等全国知名的百年老店。徽商的发展，更使得大江南北的商人集聚于此。一时间，围绕长街的青弋江与长江边的码头商家云集，人流如潮。长街上那些雕花木窗边出现的面孔变得越来越都市化，不再是一味的芜湖本地的男人和女人，而是吆喝出南腔北调、体现不同风情风貌的各色人物了。

可惜的是，随着城市建设的发展，长街老商铺老房子都拆掉了，新建的长街虽然还是繁荣，但失去了老街的风貌，失去了那些徽文化的砖木建筑，总让人心里有打碎古董的心痛。好在芜湖今年又有一座古城从原址诞生，并已正式开街，古城古色古香，并且其中有着保护完好的城隍庙等古建筑。城东面又开发出一座特色小镇——鸠兹古镇，再加上步行街、鸠兹广场、长江大桥、奥林匹克公园……芜湖又重新找到了一个城市建筑的骄傲。芜湖的老街是老芜湖人心中不逝的往梦，如今梦又成真了，那些闪耀着徽派元素的建筑又回来了，它们似乎要留住芜湖往日的荣光。

芜湖的小吃

在芜湖呆久了，你不觉得芜湖有什么小吃，直到有一天我羁留在北方一座和芜湖差不多大的城市时，我才突然怀念起芜湖满街的小吃来。那是个冬夜，时至三更，旅馆无眠，饥肠辘辘，起身去街头寻吃的，行一路不见食摊，复寻一路还是不见食摊。怪了，在芜湖街头可是通宵都有小吃卖的。那一刻特想念卖桂花酒酿元宵的人。

冬天，桂花酒酿元宵摊上蒸腾着热气，人还未近摊前就有桂花和米酒的香味扑鼻。你搓着手坐下来，摊主笑眯眯地问，要不要打个溏心蛋。你一点头，摊主便道一声："好嘞，您稍等。"待摊主整好递过来，我早就急不可耐了，先咬一口糯米做的汤圆，糍糍的，口齿被一种香甜包裹着。那甜，讲究的摊主用的可是蜂蜜；那香嘛，是桂花、黑芝麻。再咬一口蛋，可真是嫩呀！一碗下肚，神爽气壮，什么样的寒风敌不得？还有一种小元宵是无馅的，芜湖人称其“水子”。这种实心元宵最早见记载的是北宋年间朱淑真的《圆子》，诗云：“轻圆绝胜鸡头肉，滑腻偏宜蟹眼汤”，写的就是无馅小元宵。有的摊主还配以蜜枣、桂花、藕丁、桂圆等，做成甜味的小圆子羹。

老鸭汤泡锅巴，也是芜湖人颇为喜爱的一种摊头小吃。但做得最正宗的老鸭汤要数“马义兴”菜馆，它采用传统工艺制作，将老鸭活宰后，分档切割，盛碗碟内上笼蒸。蒸熟的老鸭肉，酥烂离骨，汤汁醇爽，再投入金黄脆薄的锅巴，让人垂涎三尺。这种老鸭汤在夏天备受欢迎，原因是除了好吃，还能去火消水肿。眼下流行的吃法还在汤里加上一些粉丝，放上几根小青菜，城南那条街夜越深，吃的人越多。

凉粉，也是深得芜湖人喜爱。凉粉经过加工又分刨粉、煮粉、炒粉三种。白如雪脂的刨粉通常是由上等豆粉加水搅成稀糊，等锅内水开后，将熟藕粉样的半流质装进钵内，冷却凝固后就成了。用铜刨子轻刮粉砣子，就有细白粉条装碗入盆，浇上酱醋、麻油、水辣椒、大蒜汁、虾米汤，拌一拌吃起来凉爽可口。煮粉和炒粉内容无大异，只是温热着吃，再撒上葱花，又多了份油煎的焦香。

不过芜湖人还喜欢一种小吃，外地人不见得能接受，那就是油炸臭干子。这种臭干子大而厚，在油锅里一炸，外酥里嫩，蘸上水辣椒、蒜泥、麻油就别具风味。你在芜湖的小巷口、桥档下，都能发现这种小吃摊。一个清丝丝（芜湖方言）的老太太支着只油锅，身边放张柏木方桌，桌上摆着盛水辣椒的罐头瓶，一把方便筷，没有比这更简单的小吃摊了。

芜湖的小吃实在是太丰富了，一篇小文章是盛不下的，比如小笼汤包、烧饼、鸭油烧卖、豆皮饭、烤山芋、乌米蒸饭、长鱼面等。芜湖美食街就有好几条，一些行将失传的美食你会在那里找到。

南陵的“十碗八碟”

南陵自古就是鱼米之乡，孕育了三千年的农耕文明。在南陵，美食理念深入人心。南陵传统烹调技法多而精湛，炒、爆、熘、炸、烹、煎、烧、焖、煨、烩、烤、卤、熏、蒸等，各式各样，菜品繁多。婚嫁酒席更是丰盛。宴席多荤菜，有“八大八”“八大四”“六道六”“三道海”“十碗头”“十碗八碟”等名称。其中以“十碗八碟”最具盛名，是典型的传统美食。岁末年初，我与南陵一群石友自助聚会，在欣赏美石的同时，有幸在南陵人家感受了南陵本土的非遗美食——“十碗八碟”。

店主人是“十碗八碟”非遗传承人，也是位资深美石收藏家，店堂里陈列着种类繁多的观赏石。他介绍“十碗八碟”数字之来由，是取“十全十美”“八斗才高”等一类吉兆之义，以象征家庭旺盛，子姓蕃昌。“十碗八碟”不仅是一桌宴席，也是一种地方文化，开席时讲究上台鸡，圆席时讲究下台圆子等。李白在《南陵别儿童入京》一诗中写道：“白酒新熟山中归，黄鸡啄黍秋正肥。呼童烹鸡酌白酒，儿女嬉笑牵人衣。”这“十碗”的第一碗便是诗中这道“清炖黄老母鸡”。接下来依次有梅菜扣肉，采用优质本地圩猪五花肉和九制梅干菜；山珍小炒，这菜依据时令有所变化；蜜汁莲藕，九孔十三节的洋河藕，曾为皇家贡品；红烧鲫鱼，多半是野生鲫鱼；鸳鸯蛋，象征和合美满，多子多福；家常豆腐，传统手工点浆；仔糕汤、响叮锅巴，直到上来珍珠丸子才能圆席。

在上“十碗”的同时，“八碟”也交错而来。“八碟”之一是春卷，一碟鹅黄洋溢着春天的气息；接下来的是金针豆皮、银皮花生、香菜茶干、五香牛肉、盐水鸭，盐水鸭是本地小麻鸭，肉质细嫩。“八碟”中最具特色的是熏鱼，本地话常常说成“宣鱼”，用酒糟腌制出来的。“八碟”的最后一碟是咸菜粑粑，有暖暖的童年回忆。这种咸菜粑粑也可以拿到灶膛烤着吃，双面焦黄，香气扑鼻。

在儿时的记忆中，我和爷爷奶奶、爸爸妈妈去吃喜酒，每一道菜都是又好看又好吃。而今我们常常还能吃到这些菜肴，但因为食材和制法的改变，已经失去了儿时的味道，“十碗八碟”成为一种遥远的乡愁。

南陵人家土菜馆主人，多年来坚持对乡土原味食材的追寻，坚定对传统手工技艺的执着，最终让“十碗八碟”重放光彩，如今已成闻名南陵的非遗美食。

“鱼浦南陵郭，人家春谷溪”，唐代大诗人王维这样描写南陵的美景，“南陵人家”也缘此而得名。传承经典，追求原生；碗中论道，碟里求真。“十碗八碟”保存南陵民间世代相传的民俗民风，呈现了这片土地美好的文化情感。在工艺上，“十碗八碟”集南陵传统烹调技法于一身，与南陵民俗民风相互融合，是南陵丰富美食文化的直接体现，对于皖南乃至长江中下游地区宴席制作产生了极为重要的影响。

趣话药膳鱼腥草

鱼腥草，原名蕺菜，还有许多别名，如猪鼻孔、狗贴耳、肺形草等。在我的家乡，人们把生在水田埂边的鱼腥草唤作“鲇胡子草”，大概是因为它散发的腥味类似鲇鱼腥气吧。它是多年生草本植物，也是一种天然的野生蔬菜，现在人工培植的鱼腥草已成为一种无公害的高档蔬菜。春天里采挖其鲜品，是餐桌上可口的美食；夏天茎叶繁茂时采割全草，可作为清热解毒的中药。

相传很久以前，在一个贫穷的村子里，有对夫妻时常虐待双目失明的老母亲。一次老人患了肺部重病，高烧咳嗽不止，久病不愈。夫妻俩不但不给她治病，还把好心的邻居送给老人补身子的鱼偷吃了。为了糊弄老人，欺瞒邻居，他俩去阴山坡、水沟边采来有鱼腥味的野菜，煮了骗母亲说是鱼汤。善良的母亲信以为真，喝了一碗又一碗，不料老母亲的病奇迹般地好了。后来这事便传了开来，村人在谴责这对不孝夫妇的同时，也认识了这种野菜的药性，由此唤其为“鱼腥草”。

用鱼腥草制作的菜肴更是种类繁多。重庆、贵阳等城市的一些大酒楼餐桌上早就有它的芳踪。用它制作的菜还被冠上动听的名字——满山红翠。胡风的妻子梅志写过一篇《鱼腥草也是菜》的文章，文中说贵阳那儿的鱼腥草比肉价高，招待贵客都得有盘鱼腥草炒肉丝。她还对一盘凉拌鱼腥草的爽口开胃大加称赞。笔者在酒店也吃过一回鱼腥草牛肉丝，味道很不一样，入口有一种特别的鱼香味。它的制作也不太复杂，完全可以登上我们普通家庭的餐桌。将鱼腥草嫩茎切段寸长，净牛肉薄片切丝寸长，干豆粉、鸡蛋清打成泡沫状，拌匀牛肉丝，红椒切丝，香葱切段，起油锅烧成四成热，把牛肉丝划油，熟透倒入漏勺。把锅洗净，加冷水250克烧热，倒入鱼腥草出水，后倒入漏勺。锅烧热放油，烧至四成热加入牛肉丝和鱼腥草，加盐、味精，起锅前放醋，淋上明油装盘即可。多年前赭山脚下有家酒店推出过鱼腥草系列美食，一菜多做，堪称特色。

四川自贡人的鱼腥草吃法最多：可以凉拌，麻、辣、鲜、香、脆，佐酒下饭均相宜，若在宴席快结束时上一道凉拌的鱼腥草，醒酒解腻一定很受欢迎；可以与腊肉同炒，由于腊肉有烟熏味，再加上鱼腥草的特殊鲜腥，吃来格外香；可以把它填入仔鸡腹内，先武火炒后文火煨，汤鲜而不腻；可以把它的根晒干磨成粉末拌入米粉、玉米粉或红苕粉，做成饼蒸或烤着吃，清香爽口；还可以把它舂一下冲开水当饮料喝，能清热解毒败火。

20世纪90年代初，“跳水女皇”自贡姑娘高敏与苏东在西安喜结良缘，其母从自贡带来鱼腥草，刚洗净，还未拌好调料，高敏就已迫不及待地大嚼起来。由此可见自贡人对鱼腥草的偏爱。在我的家乡，现在鱼腥草也渐渐走进酒楼餐馆，走进菜市，但还未普及，看来它的美味与价值还需要经历时间才能得到大家的认可与赏识。

故里散记

不知是年岁渐大还是交通便利起来的原因，得空就想回老家看看。老家是在离芜湖不远的许镇太丰一个叫锦坊埠的村子，整个村落依青弋江而筑，具有散淡错落的村庄美，不像都市小区千篇一律。我有时想，再过若干年，村庄民居一排排地规划下来，就再也看不见那种传统的自然形成的中国乡村了，村庄将湮没在历史的烟尘里。

大半个锦坊埠都有小渠环绕，渠两旁杂树丛生。枝叶茂盛的夏天，小渠掩在浓阴里，几乎看不见。我家门前儿时晒谷的土场上，不知何时长出高大的柿子树，第一趟回家柿子微微发黄，大概半个多月后，就能看到枝头上缀满金红的柿子，是那种小个头的盘柿，汁水多而甜。这种水果虽说普通，但味道、营养价值真的不错。在乡村有许多这样的物事，因为寻常，不被关注。我曾经看见落地的柿子上爬满幸福的蚂蚁。我喜欢在老屋前晃来晃去，看看那些杂乱无序、生长茂盛的植物。

有年冬至前，回家去父亲的墓地，过后信步走到一个叫南山园的地方，这是村上专放骨灰的墓园。兴建之初，我曾经为它的落成写过一篇文字，叫《“南山园”落成记》。那天我踱进园子里，看到乡亲们将这篇文字刻到一块石碑上，是规整的柳楷，我不禁停下来，将它从头至尾看了一遍。

公元二零零九，岁在己丑，时序仲秋，为锦坊埠董氏后裔祭祖联谊之便，构建和谐家园，倡导殡葬新风，由乡贤董和义先生斥巨资修建之南山园历时经年，今选良辰吉日，行落成典礼。此园坐落于吾村西南，良田环绕，花木为邻，主殿坐北朝南，高十米，宽二十米，殿深十米，为垂檐歇山仿古建筑，风格质朴，端正大方。

树高千丈有其根，江流浩荡有其源。千山万水隔不断故土之念，一脉同根、血浓于水。追念先型，感怀祖德，悠悠数千岁月，董氏列祖荫庇九洲，董氏子孙业发四海，人才辈出，佳绩无数。欣逢桑梓大喜，皆从八方归来，焚香告祖，共贺盛典，表子孙崇敬祖德之赤诚。

人在天地间，死生寻常事。昔日沟边地头路沿河岸，乱埋滥葬比比皆是，政府开发建设，百姓迁坟移墓费大量人力物力，且难免对亡者之不敬，损环境资源，阻经济民生。修乡村公墓乃成政府与百姓之共愿。南山园顺时而建，遂成榜样，实为易俗移风之良端，乡村文明一标志。

规建伊始，南山园坚守生态第一，彰显人文关怀，重乡民之习俗与需求，将其打造成绿草如茵四季常青之园林化个性化墓区，实乃亡者理想栖息之所，子孙缅怀先人之宝地。

读完这篇短文，有些感慨，也有些不安。村人将我看成秀才，将我的涂鸦之作刻在这里，也只有村庄上的人这样信任我！这一刻我多么希望自己再优秀一点，再为村子里做一些有意义的事情。时光荏苒，几年里陆续又有乡人辞世，他们安息在南山园中。故人渐稀，情何以堪？

走出园门，回首又看到我撰文并书写的园联：

藉村边草木，列祖留生前浩气；
避世上嚣尘，南园慰逝后英灵。

我左看右看，心里不是滋味。虽然当初为撰写这园联，费去许多心思，也糟蹋不少笔墨宣纸，但是如今看来仍然有许多不足，园联立意与书写都难如意，这也是无可奈何的事。

我的村庄是灵秀的、伟大的。我自己却只是村子里的一棵庄稼，一棵怀着丰收梦的庄稼。总希望有风调雨顺的光景，让我能多一些丰收，再多一些丰收。

时常的，我轻轻地来，又轻轻地走。村庄总在那里等我，半开半闭……

故乡的鸟

故乡的鸟与童年连在一起。它们是随着我童年的流逝而声容渐疏的。故乡的鸟都平平常常。先是那些燕子，古人说“以鸟鸣春”，想必燕子的呢喃总算其鸣之一吧。燕子的窝总是做在通风好的屋梁或檐下，没有燕子来筑巢的人家，孩子们总是很失落。那些轻灵的燕子在庭堂前飞来飞去，衔泥垒窝，在枣树丛穿梭捉食青虫。外婆最早让我猜的谜语的谜底就是燕子：“嘴巴好像红辣椒，尾巴好像剃头刀，天天都在土中宿，离土还有丈把高！”

当时我非常纳闷，天天在土中睡觉，怎么离土还有丈把高？直到外婆满是皱纹的下巴仰向梁间的燕窝，懵懂的心户才豁然亮堂。长大后读到写燕子的诗“入幕不惊挥尘客，巡檐如唤卷帘人”，心里很是熨帖，我非常熟悉燕儿这种劳动的忙碌以及与主人相处的和谐。

接下来就是麻雀了。那时麻雀尚未列入“四害”名册中，家家门口树上、稻禾垛上、草屋顶上，甚至老母猪背上，都有它们欢蹦乱跳的身影，以至乡人都唤作它“家雀”。哄小弟小妹时就说：“不哭，哥给你逮只麻雀玩。”麻雀不像燕子是候鸟，记忆中四季都有它们的声容，“声”是琐碎的啁啾，“容”是麻灰的绒团儿，平凡得不值一提。可就是这些麻雀，让我现在老是怀念，它们都到哪儿去了呢？

我们最恨的是老鹰，它常常叼走在草滩觅虫的仔鸡。它或是高高低低地在村庄上空盘旋，或是伫立在村口那棵槐树上似睡非睡。其实全是假象，所谓“鹰立如寐，虎行如病”，一旦猎物出现，它便旋如疾风。但儿时的鹰留给我的印象，加起来也抵不上后来南非著名摄影家凯文·卡特拍摄的那帧照片中的鹰给我心灵带来的冲击：一只高大的兀鹰，紧盯着一个赤身裸体的小女孩，女孩正艰难地向食品发放中心爬去……1993年苏丹大饥荒，饿殍遍野，这幅照片展示了当时那片大陆的绝望。据说作者拍下这个场景后赶走了那只兀鹰，就坐到地上一遍遍喊着上帝的名字，失声痛哭。

故乡人最讨厌的是乌鸦，儿时称之为“老鸹”。如果一大早它栖在人家树上叫几声，便让主人几天都忧心忡忡，提心吊胆，生怕祸事临头。老年人骂那些口无禁忌的人叫作“老鸹嘴”。乌鸦像是阴间的使者，人见人厌。儿时伙伴在路上若碰见死喜鹊总要挖个坑将其埋葬，而若遇见受伤的乌鸦，谁也懒得理它。直到今天，凡读到诸如“梁园日暮乱飞鸦”之类的诗句，依然能感到一种冷飕飕的阴气，究竟是什么让乌鸦为我的乡人一代一代地憎恶呢？

我极恐惧的鸟是猫头鹰。那时我还不知道猫头鹰也是鸟，它身体比麻雀燕子大得多。那是个漆黑的冬夜，我替舅舅去病危的外婆房里拿香烟，取完烟一回头，我看见了它——一个生着猫脸猫眼的怪物，立在窗口，拿惨绿的圆眼盯着我，我吓得一步一步后退，而它跳下窗台，一步一步向我逼过来。我的背已经抵到外婆的床沿，再也无路可退，可它还在向我逼近，我本能地一声惊叫，声音大得无法想象。母亲和她的姐妹们一起扑进来，而那只猫头鹰几乎在我惊叫的同时，回身又从飞来的窗口消失了。此后，我昏迷不醒的外婆突然坐起来，第二天就能喝米汤，三天后就下了床，病愈后又活了十年，年过八旬而终。外婆说是我把“鬼差”吓跑了，害得她又在阳间赖活。据说猫头鹰和乌鸦对死亡的腐气都很敏感。也许正是这一点，它们才让人觉得不祥。

故乡的鸟远不止这些，沙渚白鹭、拂水彩鸯、麦陇布谷、柳上黄莺……哪一样都在我心里留下一段记忆。都市里少有鸟语花香，常怀想故乡的鸟叫，各色的鸣声嘤嘤犹在，即使是乌鸦和猫头鹰的叫声，一样出于它们的天性，回味起来也不失自然的和悦……

当凶狠的兀鹰觊觎饥饿赤裸的小女孩，是自然界生灵的一种可怕的倾斜，而锦衣玉食的人类面对无鸟的都市，不同样也是一种可悲的倾斜吗？没有飞鸟的天空，多么空洞！庆幸的是，这些年随着国家环境治理力度的不断加大，鸟儿又开始回归故乡的天空……

闲话斗蛐蛐

蛐蛐是蟋蟀的俗称。上露台纳凉，已闻此虫鸣声。那天在城南一位友人的休闲室，我看到摆放了半屋子大大小小的蛐蛐盆，蛐蛐盆多为砖石质地，有的还雕刻有图案，雅致如艺术品。有几位书画家朋友与友人一起斗蛐蛐玩，意在挑选能战的“虫子”。只见他用一支带细毛的小蛐蛐杆，先不停地撩拨蛐蛐，让它们发怒，等到蛐蛐张开嘴，露出牙，叫出声来，此时再将两只蛐蛐放在一处，它们就会相互撕咬，开起战来。

清朝时天津斗蟋蟀盛况空前，仆人们挑着蟋蟀盆奔赴现场。事前先用天平称好蟋蟀的重量，重量相等者方能决斗，这有点拳击分重量级轻量级的意味。双方主人押上赌注，数字写在水牌上，旁人也可押码。蟋蟀进了盆，主人就用“探子”诱其相斗。如一方斗败要跑，用“探子”引回再斗，三个回合后都跑了就算输。于是设局者收集双方赌注，扣掉百分之十的抽头，再付给赢方。天津斗蟋蟀时不许围观，只许双方主人和“监盆”者围观。斗赢了的蟋蟀，振翅长鸣，主人在盆盖后面贴纸记上它的战绩。这类蟋蟀如死后，主人会无限伤心，用白银薄片打成小棺材将其入殓安葬，并授以“常胜将军”等称号。林希先生的作品中就曾详细描写了蟋蟀从“斗”到“亡”的经过。

观看蟋蟀格斗的激烈场面，饶有趣味。两只小虫，在拼搏中，进退有据，攻守有致，忽而昂首向前，忽而退后变攻为守，胜者昂首长鸣，败者落荒而逃，整个过程意趣横生。俗话说：“内行看门道，外行看热闹。”在蟋蟀的格斗场上，行家观之，津津乐道。两只雄性蟋蟀格斗场面激烈精彩程度，与蟋蟀的品种、赛前训练和格斗方式等均有直接关系。

据老玩家说，蟋蟀格斗也有讲究。两雄交锋，一方仅仅一碰牙就可将对方摔出去，使对方根本无法靠近自己，有人形容这种斗法像一阵风从口中吹出，吹跑对方，称之为“吹夹”；与“吹夹”相反，若一开始就可把对方死死咬住不放，一直往后拖，最后对方不得不忍痛逃离，称之为“留夹”；若一开始将对方的牙齿猛力钳住，继而左右快速甩头，荡来荡去，使对方无还击的余地，称之为“荡夹”。此外，还有“背夹”“攒夹”等多种格斗方式。由此可见，蟋蟀也是一个功夫高手。古人玩蟋蟀有三种境界：一称“留意于物”，二称“以娱为赌”，三称“寓意于物”。最后一种为最高境界，多文人雅士所为。“听其鸣，可以忘倦；观其斗，可以怡情。”只有后者才能使斗蟋蟀成为陶冶情趣、修身养性的雅事。

风筝，风筝

又进腊月，在买年货的摊子上看到了风筝。

对于风筝，我是从幼年就入心的。看到风筝，就想起故乡的春天，想起青弋江绿绿的堤岸。总有人在那里放风筝，大一些的少年牵着风筝线，小一些的孩童跟在后面跑，跑掉脚上的布鞋是常有的事，摔倒青草地上哭鼻子抹泪的也不少。我就是那众多孩童中的一个。家中有兄长，牵住风筝线的美差总摊不上我。那时候放的风筝都是父兄动手制作的，因为是些竹木材料，糊上彩纸，有些笨重，所以对风力的要求就更高。记忆中的放飞十有八九是不成功的。一次次的奔跑，累得满头大汗，内衣都汗透了，这与步行街鸠兹广场上放飞的风筝从工艺材质到放飞方法都有很大不同。

我们知道放风筝是有历史的。在古代，时至清明，人们在祭拜先祖之后都会放飞纸鸢。在放飞纸鸢时，人们将自己知道的所有灾病和烦恼都写在纸鸢上，等到纸鸢放高时，就剪断线，任凭清风把它们送往天涯海角。据说这样做，自己的疾病、秽气都会让纸鸢带走。每年清明节前后，风和日丽的天气，家家户户扶老携幼，郊外踏青，竞相把自己的得意之作送上碧透的蓝天。有一首诗《村居》，我最喜欢：草长莺飞二月天，拂堤杨柳醉春烟。儿童放学归来早，忙趁东风放纸鸢。古人不能飞上天，古人制作的风筝飞上天便是朝梦想的靠近。

在历史上，风筝曾用于军事，许多历史资料中都曾提到。汉将韩信曾将风筝放飞到空中，根据风筝的放飞线长度来计算到未央宫的距离。公元781年，唐将张丕被叛军田悦的军队围困在临名，情况危急，张丕急忙以纸为风鸢，风筝上写着：三天不解，临名士且为悦食。风筝升空后，高百丈，过田悦军营，田悦命弓箭手射它，竟够不着。求救书终于送达，援军火速赶来，助张丕解围。到了唐代中期，社会繁荣稳定，风筝的功能又复归娱乐，走向民间，风筝的类型也多了起来。

如今，不只是乡村，风筝在都市也随处可见。无论是滨江公园，还是湖边广场，一抬头就会看到各式各样的风筝在天空飘荡争艳。身边绿树丛中，传来苏红的歌：

又是一年三月三
风筝飞满天
牵着我的思念和梦
走回到童年
记得那年三月三
一夜难合眼
望着墙角糊好的风筝

不觉亮了天
叫醒村里的小伙伴
一同到村边
怀抱画着小鸟的风筝
人人笑开眼
抓把泥土试试风
放开长长的线……

是的，风筝恐怕是大多数中国人童年里最普遍的玩具了，可以说它伴随着许多人童年的成长。如果你留意，在放风筝的人群里，除了小孩、老人，年轻的恋人也不少，一对一对在江岸边放飞。常看到一对对恋人放风筝，看着他们快乐奔跑的身影，边看边想：这恋爱婚姻也就像放风筝，既要给对方一定的自由，又要保持一种牵系，过度限制和完全放开，都可能导致最终的失去。

风筝入诗入画的很多，入歌的也不少。除了上面苏红唱的《三月》，还听过一首《风筝》，其中有这样的歌词：

我是一个贪玩又自由的风筝
每天都会让你担忧
如果有一天迷失风中
要如何回到你身边
我是一个贪玩又自由的风筝
每天都游戏在天空
如果有一天扯断了线
你是否会回来找我

从幼年就喜欢的风筝，现实里我却从来没有独自放飞过。现在让我再去买来风筝自己放，已无激情，除非将来陪孙子。如今，放飞的只是我的一些小梦想，有的线还在握，有的早已线断撒手，飘得杳无踪影……

夏天絮语

虽立秋，夏的背影还在。

夏天不是最舒服的季节，可那些植物疯长的样子，那些虫蛇奔突的张狂，还有变幻莫测的风雨雷电，都会给生活在夏天里的人留下深刻印象。长大后与夏天有关的记忆总排在前边。因为夏天朝气蓬勃，在这个季节贴近自然的活动更多。

童年的夏天是泡在河汊水塘里的，鱼虾之类是我们施展身手的牺牲品。而大人们总是与水田和庄稼纠缠在一起，有一种叫水蛭的吸血虫总是在这样的季节吮吸父亲与兄长裸露的小腿，他们站在水田里劳动，无暇顾及水蛭的偷袭。酷暑季节，许多黄昏，父兄们牵牛途经一片坡地上，一种不知名的草正在默默结束花期，它不为哪个开也不为哪个凋谢。父兄多少回经过它们，却对与自己无关的花开花落一脸漠然。饥渴困顿之余，他们抬头看河西落日时，也常有忧郁出现他们的眼里，与一棵草一只鸟的忧郁一样，没有名字。

后来离开乡村，长成少年、青年，渐渐开始在阳光和雨水丰沛的夏天，在满天星光的夜晚，躲进文字里，内心有着单纯的悸动，也充满隐秘的期待——热烈地做着作家梦。但人生终究短暂，理想也一样，如今不太容易躲得进文字里了。这个夏天我常捧着壶茶，坐书房发呆，觉得看和写都乏味，有些对付不了时间时，就写写毛笔字，而且只是临帖，笔在宣纸上的声音如寺院香火，让我安静。这样的夏天，常常有很多计划被扼杀在炎热里。白天，头上的烈日让你急迫惶然，四处张望有没有树或建筑物遮挡的阴凉。不爱看书的原因除了天热心躁，眼神也不如从前，容易疲劳。倒是爱去乡下看看。烈日炎炎，开车去老家，马路前方总觉得有水光晃着，又近它不得。也许海市蜃楼就是这么出现的吧。进了村庄，老家的园子里还有大豆、豇豆、辣椒、丝条，柿子树、栀子树、桂花树……看着看着，就让人心里欢喜。旁边水稻灌了浆，水稻边改种了大片烟草，那些阔大的叶子，郁郁葱葱，因为小时候没见过这样的植物，所以有些稀奇。在园子里流连，观察每一只昆虫，还有水沟里的水蛇，它们蜿蜒的样子那么熟悉，我有回到童年一般的欣喜。在园子东边，我还看到四个西瓜结在藤蔓上，两个南瓜躺在叶丛里，低头时却看到一只黄鼠狼嘴里含着一条虫子，惊奇地望着我，一会儿转身跑走了。

乡村夏天，荷塘处处可见。晴日里的荷花真的有一种妩媚透骨的美。在阳光的照耀下，荷花的每一条脉络都清晰可见，每一片花瓣都写满柔情，不知为什么摄影的朋友总喜欢拍蜻蜓什么的。不过雨天的荷花更羞涩、温柔。一场夏雨降临，满池的荷花仿佛变成了待嫁的村姑，娇美玉洁，雨水在莲叶上面堆积的时候，有珍珠的圆润与清透。

荷花低垂，一阵清风过后，满是嫣然笑痕。

喜欢荷花还有园里瓜果之类的东西，它们寻常却美好。在现实生活中，我们常常会发现一些强大的物事却不是可爱的，比如一些很强大的人，他们不能给我们的心带来温暖而只是震慑力。

芜湖的夏天也是非常美好的。每天傍晚，我住的临江桥边，一些渔家人就在船头摆上小方桌，看不清是什么菜，但男主人举杯小酌的陶然之态让人看了心生羡慕。孩子与狗也蜷伏在船头，漂亮健硕的女主人用拖把往花盆里淋水，船篷上还有一面飘扬的国旗，好祥和好温暖的水居情景。

这个夏天，我还去灵璧买了些石头，我也不知道自己为什么喜欢石头，大约是因为它们古老且安静吧。有空的时候，我常常摸摸它们，有的像刚跃起水面的鱼，有的像一座山。我书桌上的那块灵璧石酷似一只侧卧着的狐狸狗，写字间隙我喜欢把手搭在它的身上。时空把这些石头塑造成如今的样子，谁也不知道它们经历了多少日月星辰。

这个夏天我还读了一些朋友的赠书，她们写得很用心，读着读着，不觉酷暑隐去，心路绵长，原来我还是喜欢文字。有时真的很想做一棵夏天的树，安安静静守护脚下的土。

小院春秋

多年前邻家有个小院子，低矮的围墙是些断砖碎瓦码起来的，里面还堆放了些青石破缸之类的家什，极简陋。但里面的几株树、数盆花，给这个家常院子增添了许多亮色。

先说那几株树。一棵是樱桃树，每值春暖，繁花满枝，其色不让桃李。李渔在《闲情偶寄》里说“所重于樱桃者，在实不在花”，于我却反了过来，每日临窗伫立，悦目而赏心者，唯樱桃花也，淡红浅白一簇簇缀满枝柯。另一株是石榴，每当街面飘起女子的彩裙，石榴花就一天天红起来，稍不留神，就会于某个早晨打开窗户时，感到一团火一样的灿烂，令人惊喜。接下来“枝间始见子初成”，及至硕果累枝时，就是另一番情景了。

邻家院落中，还有几株花榆树和水杉。秋天，水杉先憔悴了，榆树还恋恋不舍抓住少许绿叶，但终究经不得西风日夜地吹。

也不知从哪天起，早晨刷牙时偶向园中一瞥，发现给我惊喜的不是榆树，而是爬在树干上的薜荔了。那些薜荔，上无遮蔽，酣饮霜露，已经叶红似枫了。《楚辞·九歌·山鬼》文曰："若有人兮山之阿，被薜荔兮带女萝。"说山鬼以薜荔为衣，以女萝为带。我想象不出山鬼穿着这薜荔的样子是不是很摩登，是不是比时髦女郎好看。

其时是深秋了，院中栽过菊花和凤仙的地畦里，时常可见零星残朵，乍见还以为是些蝴蝶，花形那么小，无一丝冷香逸出。还有一些灰灰的砖，一些盛着雨水的破缸以及缸边的青苔。差不多总是在这种时候，我会看到邻家跛脚的儿子在院中踱步，他是个画家。

春天时，那些破缸的水面上常常飘落一些杨花或早凋的落叶，风一吹水面，花和叶就直打旋。记得一位诗人写过这样两句诗："为将纤质凌清镜，湿却无穷不得归。"

想想那些飘絮误将缸水作清波，将一路轻盈之舞结束在这汪死水中，真是悲剧。我有时很希望邻人把这几口破缸当垃圾扔掉，它们像黑洞，将院中花蝶与阳光的明媚吸进去，阴阴沉沉的，毫无生气，而且还有一些硕鼠在缸中饮水。但邻家的儿子却说："莫求精雅，疏荒破败的东西只要自然，也是一种美。"

后来，我在一本有名的美术杂志的封面上看到一幅油画，画面是一个院落，有薜荔、榆树，有东倒西歪的大理菊，还有一口破缸，里面盛着惨绿的水。榆树的顶端隐约有一个模糊的黄月亮。画的作者便是邻院小主人。有言道"泰山非大，秋毫非小"。当平生许多游览过的城市园林在记忆里渐渐淡去时，倒是时常想起从前邻家小院里那些花草树木，当年是它们把秋来春去的光景一幕一幕演示给我，让我感受到时序的变换和季节的流动。

难弃象棋

下象棋是我生活中一个相当重要的部分，和写作、运动一样，难以离弃。但我的棋艺平平，业余级别而已。除了天赋悟性外，与我对待下棋的态度也有关系。我从来不去钻研棋谱，既是业余下下玩，也就不妄想下棋能下出一番天地来，我只图下棋的一点快乐而已。因此，我并不像那些心怀抱负的人专找高手过招，我只寻那些旗鼓相当的棋手对弈。水平越近，性情越投，乐趣越多。

有人说，真正的大家下棋能置己于胜败之外，敢于称赞对手，也敢于指点对手，允许对方悔棋，这固然是达者的胸怀，但我却做不到。我顶讨厌的就是对手悔棋，你落子前可以多思量，为让你落进陷阱，此前是下了本钱的，你一悔棋别人哪里还有下棋的心情，要有一点愿赌服输的精神才是。输了可以重来，又不是人生。弈虽小技，的确可以观人。

我会的棋类不多，最爱下象棋，红黑方32子，64格，90个交战点，演绎了两千多年的阴阳之变。从乡村到都市，走到哪个旮角不能发现弈者的身影？我认识一位老人，一辈子酷爱下象棋，常常因为下棋误了下班买菜，误了单位接送班车，为此他没少挨老婆骂。他下棋总是把红子让给对手，人家要他先走他总不肯，喝一声：“红先黑后，输了不臭，你请！”在家中下棋，堂屋不给下，就躲到厨房。厨房不给下，就退到路灯下。就这样他的夫人还是要赶来揪他衣领，有次还掀了棋盘。下次他再找别人下棋时，人家都婉拒他。后来他得了老年痴呆症，到外面寻棋摊，常常不认得回家的路。那时，他的夫人已经退休了，看着他这个样子，就到处为他寻找棋友来家里下棋。终于找到一个退了休的老头，好烟好茶招待，可是人家发现他下着下着就把别人的棋子当成自己的走，就再也不玩了。老人又回到落落寡合的状态中。我想他的夫人一定后悔当年没有多留一点下棋的时光给他。

我的父亲也懂点象棋，但不像我们兄弟下起来那么投入，偶尔看我们吵得不可开交，就过来很严肃地对我们说：“下棋不过是娱乐，值得这样较真吗？凡在小事上过于认真的人，是做不成大事的。”我们听了就安静下来。但我却一直没有改掉“认真”的毛病，和谁下棋都不肯轻易认输。记得一次单位象棋比赛，我被人杀得只剩下单马炮，而对手还有双马双炮，不过对方士相不全。他让我投子认输，我不允，结果我赢了那盘棋。那个大名鼎鼎的阮籍，母亲死时，他正与人下棋，对手表示可以暂缓一下，待阮籍料理完母亲后事再继续。阮不干，一定要马上决一胜负。下棋痴迷到这样不拘礼制，令多少人匪夷所思。梁实秋在一篇写下棋的文章里说，有两个人在跑警报的间隙下着棋，敌机空袭开始了。炸弹溅起的泥石洒到棋盘上，棋瘾小的那位要下防空洞，对方一把抓住他说：“你走，就是认输！”这位是下棋不要命了。

李渔在《闲情偶记》中说，弈棋不如观棋，因观者无得失心。我却不能苟同。做一个旁观者固然不会失败，但胜利却也永远只是别人的。就像看戏，那舞台是粉墨者的舞台。在内心深处谁不想也置身舞台中央呢？所以我还是喜欢亲自上阵与人厮杀。我是个很矛盾的人，这在下棋上也很显见，一面不愿轻易输棋，一面不想钻研棋艺，我觉得下棋的乐趣肯定不会与棋艺成正比。数年前芮乃伟下完应氏杯后痛哭失声，她说：“我从此就没有棋下了……”从中国飞到日本，从日本飞到美国，再从美国飞到韩国，她成了一只想下棋的候鸟。苦心人，天不负，她终于打破了男子对棋坛的垄断，并连续击倒巨人李昌镐。但她内心看重的不是这个，而是“终于又有棋下了”。这种快乐伴随着她的每一手棋。这大概就是一个职业棋手的宿命。

我现在棋是下得越来越少了，但只要下起来仍然是废寝忘食。曾经，我遇着一位昔日的棋友，问他下不下棋了，他说早戒了。我不解，细问才知缘由。一次单位棋赛，决赛时他的对手是单位“一把手”，棋技不如他。但他一想到自己正是提干考察阶段，不免手软，结果自然是输了棋。谁知这种“奴才与主子”的下法，既让领导不快，又让同事耻笑。他叫屈说：“人在世上生存，除了以棋为生的棋手，大家都是以棋为戏。相对于饭碗前程而言，一盘棋的输赢应是不足道的，难道我真的做错了吗？”后来他离开了那个单位，自己开了家文化公司。从那以后，他再也没有碰过棋了。望着朋友离去的背影，我陷入沉思，假如真的碰上个心胸逼仄的上司，他赢了棋又如何呢？这棋里棋外的人生是多么相似又多么不同，有些棋是下不得的，有些事是做不得的。

看来下棋还是与做人一样，做简单的人，下简单的棋，得简单的快乐最是上策。欲念多了，人就沉重得拿不动棋子了。要让我说，人生在世，倘若从不曾亲身体会棋中之乐，那可真是有些可惜，更别说让我戒棋了。

女儿的插图

有半年多未见到女儿了，她在地球那边。我们这边是早晨，女儿那里是黄昏。疫情让她宅在家中已数月，只偶尔出门上超市买些吃的回来，逼着自己学会做一些简单的菜肴或者煲些汤。三月份她告诉我，收到来自祖国的口罩，因为自己此前储备了不少，还匀了些给一位来自巴西的同学，巴西同学说，羡慕中国留学生能收到祖国的捐赠。我猜想，那一刻女儿会在心里为祖国骄傲。

平日我和她不太联系，但其实我很关注她的微信动态，那里不仅能看到她的行踪，还能由此揣摩她当时的心情。在微信里，她多半发一些与自然亲近的照片。她爱美，拍照时注重造型和构图。我们点赞的照片，是风景优美、她衣着得体的那些。另一些亲水的、衣服穿太少的，我们就不太习惯看，瞅一眼就过去，也不点赞，也不留言。估计她也能感知我们的审美，只是她不在乎，我们没为此讨论过。

中年时，为工作也为事业用力较猛，总以为山高水长……过了中年，人忽然开悟，其实我们自认为重要的东西可能没那么重要。倒常常反省自己，在孩子成长时没有给予更多的陪伴或引导，以至我们之间总有些东西隔在那里，比如价值观，比如享乐与奋斗，比如生活方式，比如人与人的相处。好在我们一直还保持着交流，没有彼此相弃。

几年前我出一本散文集时，希望远在北京的女儿能操刀配图，她是学美术的。起初她没应承。我劝说，这么多年，我们父女还没在日常生活之外合作过，共同完成一本书，或许是一件值得尝试的事，算是一份纪念。女儿让我发给她电子书稿。过了两周，我便收到她十八幅插图。后来书出版后，我寄给她两本样书，这是我们父女间一次难忘的合作。

图为作者女儿的画作。

并不遥远的故乡

每个人都有故乡，离开得越久越远，会更多一份惦念。我的故乡不远，离我工作的城市不过百里之遥，但我也只在清明冬至回去，来去匆匆。田地、树林、沟渠、河流、湖泊，一些自然散布的村落，一些经年踏出的小路，还有晨曦暮色里的炊烟，春风春雨中满世界摇曳多姿的油菜花，各种式样的小桥与水跳……那个村庄叫锦坊埠，紧依着青弋江。儿时我家住在青弋江的中游，现在在青弋江与长江交汇之处，千年的中江古塔，差不多是它一路蜿蜒奔波的休止符。或许终其一生，我都要与这条河流相伴生息，像《静静的顿河》中男女主人公与顿河那样不离不弃，从某种意义上说，我是从未离开过故乡的人。

马元街

马元街是我每天背着书包去上学的必经之地，从村庄出来，穿过广阔的田园，阡陌纵横，色彩缤纷，沿途错落的房屋坐落在一片片无山无丘的土地上，河水清澈，鱼翔浅底，草木茂盛，鹅鸭成群。

春天，布谷鸟的鸣叫声格外响亮，记忆中全是瓦蓝的天，絮白的云。布谷鸟叫的时候，我穿着母亲做的布衣衫，背着帆布书包上学，一路上用柳条枝打草惊蛇，看它们从水田掠过，嘻嘻哈哈，无忧无虑。

马元街是一条老街，石板铺的路面，宽不过两丈，两边青砖黑瓦马头墙的砖木建筑，各色的小店铺与作坊并存，还有好吃的包子铺、连环画满架的小书店，还有大众浴室、铁匠铺、榨油坊等。学校就在街道背面，没有围墙，开放的校园，四周多灌木，一些旗杆石、鼓凳之类的玩意儿散落在杂草丛中。老房子里有很多木质的柱子，房梁的檩条上雕刻着精美的图案，依稀可见岁月的印痕。阳光也能从房顶明瓦直直地照进教室，斑驳的砖墙外壁长着稀疏的小草。

我们坐在里面听老师上课，一听到外面小贩叫卖声，难免要分心，不时向窗外偷看。下课铃声一响，我们便不顾一切冲了出去，递给小贩几分钱，换一根甘蔗、灌心糖之类的零食。没钱买东西时，就与同学在水泥桌上打乒乓球，偶尔也逞强斗鸡、摔跤，常常要等上课铃声响起才慌慌忙忙往教室跑，额上全是被汗水打湿的头发，衬衣也湿了前胸后背。

16岁离开家乡，几十年了。几年前我又去马元学堂走了一遍，学校早已变了布局，要不是几棵参天古树定位置，我都失了方向。学校虽在，但学生少了，喧哗少了，教学楼不高但显得规则整齐，生在角落里的花花草草告诉我这里有人精心照料，仍有一群稚气的孩童奔跑追逐。灰色的旧舍不见了，就像布谷鸟的离去，我在那里驻足彷徨，没人认识，没人招呼。时光流走了，青春流走了，像校舍不远处青弋江流去的水一样，悄无声息。

出了校园，一径往我的村庄而去，走近村庄，就可以看到那些枝柯高举的树，树皮泛着青。地头的水塘变得小了，猫着腰劳作的乡亲，背影熟悉又陌生。总有狗儿悠闲地走，远处还有牛，让我看着便心生温柔。

外滩地

家乡人把青弋江滩涂唤作外滩地，去河里汲水、洗衣都要经过它，外滩地铺满巴根草，没有城里花钱买的进口草厚绿，但生命力却要顽强得多，任它烈日冰雪，真正是“野火烧不尽，春风吹又生”。除了这些草，还有大量牛蒡生长，宽阔的叶子，咬破茎杆会有股酸酸的汁液令人口舌生津。外滩地是孩子们嬉戏的天堂。

夏天来临，只要有人率先脱下裤衩跳进河水，全村的伢儿们都会蜂拥而至，下水饺一样落进河里，直到鱼鹰船贴近时，才害怕地捂住裆，赤条条地上岸，除了嬉笑，全然没有羞耻之心。水流稍稍舒缓的时候，男人们撂下烟枪，顺手拿了圈养鸡婆鸡崽的竹篾罩子，下得水去，河里的鱼儿乱窜，罩子所到之处，鱼儿逃之不及，三五斤的青鱼、鲤鱼就能摆上当晚的餐桌。

一年里，外滩地除了汛期偶尔被水淹没，大部分的时候沐浴阳光雨露，生机葱茏。阳春的时候，一场春雨刚过，不经意间，草地上已经一片肥绿，车轱辘、巴茅草、地米菜、蒿子，还有很多白的黄的不知名的花儿，随意点缀着，让人觉得无限的惬意。采摘几朵，和着新鲜的草叶挽成一小束，扎在小姑娘的马尾辫里，女孩子常被我们男生嘲笑是某娃子的新娘。

草地很大，又在水边，四周除了河堤，也无大树，视野非常开阔。很多时候，我们在草地上疯跑、躲藏，就像一群被放养的牛犊。饿了，随手采些野果野菜茎就可以充饥。累了，仰面躺在地里，看蓝天上白云有的像马、有的像狗，争论着，比划着，耀眼的光亮一晃一晃，眼睛里全都是日头的影子。夏天偶尔还去滩头瓜地偷摘别人的香瓜，被人发现追来，就跳进河里，游到对岸，定心定意吃完偷到的瓜，再从上游仰面躺在河面漂过来，心中暗自得意。

前些年春天回老家，我曾去外滩地，让我吃惊的是草地滩涂不见了，变成了陡岸，还多了许多砂石，而对岸却变成平滩。感慨间只有河水依然在静静流淌，外滩地成了一个永远逝去的少年梦，它比城市里任何一座公园带给我的欢乐都要多。镜湖公园、赭山公园属于女儿的童年，而那个叫锦坊埠村边的外滩地是属于我的童年乐园，遥远又怀念。

故土根

乡村是我的出生地，都市现在成了我的舞台，我的情感世界中永远有乡村高粱和稻麦的影子轻拂，都市的烟柳与玫瑰也常常敲打我的世界。于忙碌中抽空回一趟出生地，是一件可心的事。无论主观如何，客观上每个人都离故乡越来越远。每每看到那些苍老的和母亲一样给过自己关爱的村里老人，像一片片黄叶一样挂在最后的生命枝柯上，总让我潮湿的心生出一丝脆弱。

记得家门前菜园边有几棵花树，每当夏日欲尽秋蝉鸣枝时就会有粉的紫的花朵缀满枝头。记得有位住惯县城的同学见了说："啊，这是丁香吧?""不，是紫薇。丁香开在春天!"我的小妹口齿伶俐地回答客人。在乡下，许多不起眼的花呀、水塘呀、菱荷呀与朴素的居家人浑然一体。当日落星升，白日不觉的虫鸣就潮落石出，偶尔的犬吠是几个跳荡的强音。

后来我离开乡村，去远离竹篱、水井的都市读书、谋生，突如其来的繁华让我觉得好新奇，这里是另一番世界。街面的滚滚红尘和邻居防盗门里深掩心迹的眼神，让我的灵魂感受到一种巨大的冲击。更让我难堪的是，有些都市人自我感觉太好，哪怕他一家三代挤在半间公房里流汗流泪，可一提到乡村，他们却一脸的不屑，把在那儿生活的人响亮地唤作“乡巴佬”。

辗转都市半生，太多的喧闹、浊气使乡村成了亲切的诱惑。那里的一草一木，一事一人，在回忆与体味时都会成为一种牵挂。

不是每个人心里都有信仰，但基本上心里都有自然，都有故乡。

土豆的故事

土豆是一条狗，个头很小，远远看去像只大黄鼠狼，胆小，敏捷。冬天朋友送过来时，它还是个小不点，出生一个多月，从笼子里放到露台上，怯生生的，身体有点发抖。直到把一颗奶糖放到它嘴边，它用舌头舔了舔才渐渐放松起来。看着又小又圆的它，我跟妻子说，叫它“土豆”吧。露台不小，种了些花草和蔬菜，没过一阵子，土豆就可以进到菜地里“方便”，晚上睡在阳光房。与小区那些关在家中的狗比，土豆算是半散养。

土豆是土狗，不漂亮，面目和神情有点严肃，但妻子说，别当面奚落它，听多了狗也会忧郁的。一开始它喜欢咬东西，暖垫、鞋子甚至电线，遇到什么咬什么，咬断花叶更是常事。长大后，它就不乱咬了，在露台上常看到它追逐一只蝴蝶或偶尔落在这里的小鸟，有时逗弄地上的小虫，贴近它们闻气味，不让虫子逃走。

散步捡回家一只刺猬，土豆对这个不速之客很不待见，冲它汪汪叫。当它试着攻击刺猬时，立马被扎得退回来，土豆知道遇上厉害角色了，从此只保持距离地朝它叫几声。刺猬惧光，白天躲进植物的一角，还知道采集落叶杂草掩盖自己，晚上出来觅食，满露台跑，随地“方便”，到处都是它的排泄物。有天半夜听到土豆大叫，原来是刺猬闯进阳光房逼近它的狗窝，威胁到它的安全了。第二天一早，我们决定将刺猬放生，却怎么也找不着，就问土豆：“刺猬呢？找刺猬去！”土豆转身向阳光房后面跑，那里靠围墙码了一堆砌菜园剩下的砖。土豆向一个不起眼的缝隙张望，然后看着我。我蹲下来仔细瞅了好一会，很暗，刺猬就藏在里面。放生刺猬后，土豆显得开心极了，原地转了几个圈。转圈是它的拿手好戏，只要一高兴，它就会咬自己的尾巴转两圈。

除了鼻子灵，土豆的眼睛也特别厉害。白天隔着门玻璃，室内暗，什么都看不见。它在外面，我们在室内，只要勾一勾手指头，它就立马飞奔过来。我常想，如果一个人具备了土豆的嗅觉与视觉，那该多棒。平日我在书房写字，它会安静地坐在我的脚边，偶尔低头常发现它正痴痴地盯着我看。其实我们观察狗，狗也观察我们。无论它在做什么，只要家人一出单元楼层电梯，哪怕它远在露台上，也能感受到，立刻奔过来相迎。如果它只叫唤并不摇尾，来的肯定是陌生人，打开门一看，果然是抄煤气表之类的陌生人。

土豆简单、快乐。在他眼里，只有食物，奢华对它没有意义。一根可以让它玩耍的木棍、一只皮球或许更有价值。一只狗不会介意你是富有还是贫穷，有没有学问，你只要为它付出过，它就懂得感恩。当初送它到我家来的同事，偶尔会来我们家串门，土豆见到总会无比欢乐地迎上去，亲个不停。虽然那么小离开，但它永远记得旧主人。去年我们一家外出七天，托付二伯照料它。后来某天在商业街遇见二伯，土豆挣脱开我们老远冲过去亲他裤管，尾巴摇得直飞，它在心里认他为恩人。

土豆识人。有的人来我家，土豆欣喜欢愉，摇尾相迎，一问是喜欢狗或养过狗的人；也曾有生人来，它不往跟前凑，很警惕地叫一声，放下尾巴往后缩，一打听，对方从事的是杀生的职业。狗的观察力真的不比人差。曾听一位熟人说，他把一条不太听话的狗卖到饭店，当他把狗绳交给饭店老板的一刹那，那狗似乎明白了什么，一下没有了顽皮相，回头望着他，双眼泪光闪闪，以至他忽然心软，又牵它回家。

狗也忠诚。从前村里有户人家，年关时杀狗，一铁棍下去狗未被打晕，挣脱跑开。主人大声唤它回来，它只犹豫一会儿，明知赴死，还是一步一步回到主人身边。土豆一样忠诚，无论你怎么惩罚它，一眨眼工夫忘得精光，照样亲近你。我有时想，不一定是狗真健忘，而是狗大度，对主人处其厚不处其薄。有时我和妻子带它散步，如果丢下哪一个，它肯定会去找。一次中途妻子取快递先回去了，土豆不肯上楼回家，执意沿着小区刚才散步的路线找一圈，直到我跟它说“妈妈”先回家了，它才肯上楼。夏天深夜里，我喜欢独自一人上露台乘凉，听听虫鸣或发发呆。突然树影摇动，有凄厉的鸟声掠过头顶，让人毛孔一缩。而此时如果小土豆暖暖地卧在身边，黑夜和惧意就会向后退去。我相信狗能慰藉一个人的孤独。

土豆吃食时很可爱，头几乎埋进饭碗里，长长的舌头快速把食物卷到口中。有时递食给它吃得太急，怕误伤手，就跟它说：“土豆，数到5才给吃。”它就会坐下，安稳下来，等数到5才叼走你手上的食物。不过狗都护食，土豆狼吞虎咽时，你千万别动食物或触碰它，否则它会“呜呜”地发出警告，甚至咬你。大狗进食时更可怕，前不久我在小九华亲眼看到一只日本秋田一口咬死一只来争食的流浪狗。当时只听到一声惨叫，那条流浪狗便倒下去，气息越来越弱，咬的是脖子。

土豆曾失踪过一次，刚来半年多，晚上我倒垃圾门没关好，它悄悄溜出门不见了。下楼寻找，电梯、楼道、地下室、小区内，甚至外围三潭公园也找了一圈，还调了小区监控，都不见踪影。我与妻子一晚上都没睡好，为它的处境担忧。第二天白天继续找，范围也扩大到商业街，每一个能藏身的角落我都要仔细看看，可是直到天黑仍然一无所获。直到现在我还记得当时望着空空的露台那份心痛的感觉。晚上八点多钟，又下楼倒垃圾，回来时我没直接回顶层的家，而是直奔10楼，觉得土豆也许就在那里。到了10楼，我大声唤“土豆！土豆！”突然一个小黄鼠狼样的东西从十层与九层之间的楼道飞奔而来。正是土豆！我一把将它抱起来，搂在怀里，它也不停地亲我的脸，那一刻，无法形容的激动与感恩朝我袭来。

从那以后，我们特别怕弄丢土豆，土豆自己也不敢外出溜达了，门开着也不走远。

藏物小记（三题）

饮器最爱是紫砂

真正玩收藏的朋友若看到我写起藏物小文来，一定会说：他是腰里别耗子——假装猎人。我的确是收藏的槛外人，但对一些古玩旧物所透出的历史文化韵味却无法漠然，对那些真正的收藏家也十分敬重。盖因收藏是人生经历的见证，是人与物的对话，也是人与历史的对话。

我的家中有一把紫砂名壶，是现代制壶大师汪寅仙所制的圆提形紫砂壶。汪寅仙的一款紫砂桃圣壶，曾在1994年金陵秋季书画陶艺精品拍卖会上，以8万元人民币的天价成交，真叫土与黄金争价。

我得汪氏壶纯属偶然。20世纪80年代初随单位车去常州，途经宜兴，同行者都要求停下来逛街，说是宜兴紫砂名天下。大家都买，我也不能空手离开，就花了48元买下这把造型简洁流畅、器面光可鉴人的紫砂壶。当时我甚至根本没在意制壶人是谁，只觉得壶身上铭刻的古梅枝横影疏；字也可心："山中一杯水，可清天地心"，就买下它。

回来后，我一直用这把壶泡茶，很珍惜，很小心，要知道当时我一月工资才34元，很怕打碎。制壶家陈鸣远曾在他制的壶底铭曰："器堕于地，不可掇也；言出于口，不可及也，慎之哉。"好像专对我说的。

就像画家应天齐一样，当年没什么画名，送张画别人不稀罕，现在值钱了，收藏的人恐怕有份窃喜。汪寅仙当时也未出名，所以壶价平平。直到有一天，我在一本叫《茶壶珍藏》的书上看到一个壶的插图与我手中的一模一样，这才想起来查查制壶人。在壶盖内侧有一方章正是隶书"寅仙"二字，不禁一阵欢喜，觉得此壶与我有缘。可是，接下来倒有些不自在起来，天天拿它泡茶，书案上、茶几上、窗台上到处放，现在格外怕碰损了它。壶还是那把壶，因为突然知道了它的身价，倒有些措手不及，甚至生出不想用它来继续做我饮器的念头。不过静一静，我又回到不为物役的常态，还是用它泡茶，还是书案、茶几、窗台上随手一放。我以为赏用并具才是人对物的应有之态。

我喜欢紫砂饮器，不仅是因为它冬能保暖，夏能保味，无熟汤气，还茶之本质，而且还因为我特别喜欢壶身上的铭刻，其图悦目，其文赏心。如郑板桥有壶铭曰：嘴尖肚大耳偏高，才免饥寒便自豪。量小不堪容大物，两三寸水起波涛。借壶讽刺人情世态，深具板桥风格。历代紫砂工艺名师把艺术的生命和活力，倾注入每一款茗壶之中，使之造型"方非一式，圆不一相"，千变万化，层出不穷；还有顺天地万物之自然形态而制的各种自然型壶：青竹节、老梅桩、大寿桃、熟石榴……每一把打动人心的茗壶，都是制壶人智慧与辛劳的结晶，散发着艺术情趣，加之紫砂淡墨、水碧、葵黄、海棠红、定窑白等各呈异彩的多种泥色，使人不见则已，一见爱不释手；不集而已，一集终生不休！

藏物成癖，大有人在。这没什么不好。明人张岱说："人无癖，不可与交，以其无深情也；人无疵，不可与交，以其无真气也。"愚以为精粹得很，文化人没一点执着追求和爱好，是不可想象的。

木雕情缘

我对木雕产生兴趣，始于一次文学笔会。笔会在皖南绩溪举行的。会间，我们参观了上庄胡适故居，当时还没太在意，可等到了龙川旺庄时，那里的石牌坊、砖门罩以及老宅内的木屏风，让我实实在在地感受到古徽州的三雕之绝。尤其是胡氏宗祠内的木雕让我的心为之一震。环顾屋宇门窗、窗槛、裙板、窗扇、斜撑，目之所及皆是精美图画，画里的飞禽走兽、梅兰竹菊无不栩栩如生，有人称它是民间的故宫。我当时没有去过故宫，只在书上看过故宫的照片，但我觉得眼前这些精致的木雕比照片上的故宫木雕还要精美，更有南方的精致灵秀。我越看越痴迷，用手轻抚着鹿、鹤、麒麟、牡丹、灵芝之类的图案，摸着那些衣褶清晰、表情鲜明的人像，我觉得他们正在上演着遥远的逝去的生活剧。

我开始收藏木雕是十前年的事，令我难忘的是曾经拥有过的两幅花板床木雕。这两张床都有百年历史，而且出于同一个匠人之手。据一位八十多岁的老妪说，她小的时候这床就有多时了。她听大人说，那个木匠雕这两张床用了整整一年时间，得大米数斗，银元若干。这两张床的主人是马姓大户人家的两个儿子。光阴荏苒，物是人非。时间到了20世纪末，这两张床的命运也发生了深刻的变化：一张床在一场百年不遇的洪水过后，被主人用来拦猪圈，其时画面金粉皆失，日久更是臊气熏人，落地端已腐朽；另一张要好些，可惜的是被重新涂上大红大绿的油漆，犹如让诗仙太白穿上红袄绿裤，风雅顿失。可是我偶然得到它们之后依旧喜不自禁。

我将那张露出木质本色的雕床，用热水浸洗，晒干，趴在地板上，用酒精棉棒，将木雕缝隙里的百年积尘一一拭净。那是一折古戏，有人物十余，形态各异，须发纤现，有舟有桥有屋，远景近物共有三层，十分难得，只是木质朽蚀得厉害，已不堪指掐，坚物稍划即痕。我将它横倒放在书房里，伏案之余，细细赏玩，静默里的喜悦，别人难解。另一张被刷了彩漆的雕板床是以花鸟为主，有凤凰、麒麟、鹿回头以及灵芝等祥瑞之物，两侧竖板上还雕有对弈图，那围棋盘上的棋子粒粒饱满，弈者的情态更是生动别致。这两张雕床在很长一段时间里带给我难言的快乐。文章雕画虽都称作艺术，其性质特点却有很大不同。雕画之类本质上属于工艺，先要有工，然后才是艺，是习练的结果；写文章不同，有的人一出手就很不凡，习练倒在其次了。我常常无端地想象那个匠人，他有一双怎样灵巧的手和一把怎样锋利的刀?

可是最终它们都离我而去了，个中的原由难以细说，无非为人巧取而已，不说也罢。人与物跟人与人一样，总有缘尽之时。这两个大件木雕的得失经历，让我格外难舍余下的木雕了，正所谓“何以至今心愈小，只因过往事皆非”。

青花盘

在我不多的青花藏品中，有一只底款为“大清光绪年制”的青花盘，我很喜欢，常置于博古架触手可及处。它是我一位乡间文友带来的，他是喜欢藏玩的民间高人。当他拿出来向我展示后，我一见倾心，青花特有的秀质让我爱不释手。他一脸坏笑地说，就知道你会喜欢，想要就留给你，不过你得用字画来换。他盯上的是一位60年代就成了名的老画家的一幅花鸟画。因为我有两幅，就毫不犹豫地拿出其中一幅送给他，青花盘就归了我。

这个盘子直径17厘米。盘中央绘一回首麒麟蹲坐石上。四周绘十二幅瓶盆花草，那些瓶中插着如意、爆竹、月季花、三只戟，一戟一磬。花盆中插着兰花、珊瑚、荷花等，分别代表平安如意、岁岁平安、四季平安、平升三级、吉庆有余、献寿兰孙、红顶花翎、和合如意等吉祥之意。底部为“大清光绪年制”六字双行楷书款，字体瘦长飘逸。盘底圈足，足内壁陡直，露胎处微见浅淡火石红。整个盘子通体酥光，温润如玉。

到家里来的行家朋友和那位文友对它的评价如出一辙：这是一件开门的光绪民窑仿官窑精品。由于清早期废除了明代官窑的编役制度，并将明末出现的“官搭民烧”制度确立为定制，所以官窑的器形、图案、样式便流落民间，并得以在民窑仿制品中出现。同时随着“官搭民烧”的盛行，部分民窑烧瓷水平得到大幅提高，甚至还出现过民窑大量仿制官窑制品。

我的这件青花盘摆在架上沉着典雅，细细把玩，其胎骨细腻坚实，虽然很薄但不显轻浮，迎光微透，隐隐可见另一面青花图案，敲击有叮叮金属声，沉稳悠长，颇有光绪官窑的遗风。其釉面白净，光晕内含，微显细碎小波浪纹一样的橘皮皱。这与光绪官窑器特征正相符。但其青花发色虽具有光绪年菁碧典雅的特点，却显得不够沉稳明丽，盘身所绘图案也暴露了民窑的特点。盘正中的麒麟虽然绘制精美，但缺少威严。同时底款字迹略显随意，缺少官窑款字的沉稳与力度。不过总体来说，这是一件很难得的光绪民仿官窑的佳品了。在本市的一个亮宝栏目，专家估价四千元左右，我想与那幅画基本相当了，但它们之间承载的文化内涵与审美元素却是不同的。

岁月渐老，故人渐稀，而家中零零碎碎的物件却多起来。对于藏物和人际我觉得必须做减法了。后来碰上一位比我更喜欢这只青花盘的画家，我就连同另一只繁昌窑的斗笠碗一起送给他了。在艺术上他是给过我指引的人。对于许多藏品，因为财力也因为眼力，虽喜欢也不能据为己有，通常我以“见过就算拥有”来安慰自己。于藏品而言，所有的主人都是过客，人生苦短更兼无常。做好自己的工作之余，去尝试一些娱乐身心的事，比如收藏，也会得到意料之外的欢喜。一切爱好，剔除功利因素，都会是热爱生命的呈现。

你可认识桃花潭

沿着芜湖人的母亲河青弋江上行就能遇见她——桃花潭。

泾川桃花潭在唐诗里流传了一千多年后，我才姗姗而来。桃花潭是活水，是迢迢青弋江上美丽的一段。

我是立在桃花潭东岸呆呆地望着一潭幽波的，尽管梦潭轩内一块木浮雕明明白白地绘出当年汪伦率乡人踏歌送李白的胜景，我依然展不开想象的翅膀。或许是当时枯瘦的河床、裸露的滩岸禁锢了我的联想，就像当年那雄浑古朴的歌声不能失去水光衬托一样，人的思绪需要一种相宜的背景滋润。

我回身望望岸边那条暮光里的老街，一条铺满青石的古道，每一个坡面的青石上都留下一道深深的辙印。据说是当年独轮车日复一日碾压留下的。在那个遥远的水运年代，不知有多少山货、行李从独轮车卸下，装进泊在桃花潭边的乌篷船舱；不知有多少穿长衫的男子，伫立船首，作别桃花潭两岸青山，走向外面的世界。风吹起他们长衫的下摆，吹远岸边一声声轻柔的女性呼唤……我就想“桃花潭”这么个妩媚的名字，断断不能仅仅是泊船的码头，不应只有西岸峭壁苔痕和东岸芦花晚笛，应该还有一些与爱情有关的传说。

果然，沿着桃花潭上溯，便见一对大小岩石寂然临潭，远观形同姐妹，故称“姐妹石”。相传古时岩石上刻有百字，谁若一口气念通，便能得到岩下潭底一只金船。往来书生不计其数，却无一人能念通。据说某日有一书生竟一口气念出九十九个字，金船的桅杆已露出水面，金光四射，那书生回头一望，不待念完最后一字，就纵身扑向金船，结果船往下一沉，将他淹死在深潭中。他的妻妾闻讯赶来，痛不欲生，纵身跳下悬崖，化成千秋古石，至今立在潭边。李白因此赋《姐妹石》：“姐妹双亡恨未休，玉容水化石千秋。吞声唯听潺潺水，多少才郎暗点头。”可惜，这虽与情爱关涉，却不是一个美丽的传说。

“桃花潭水深千尺，不及汪伦送我情”。我想，当年李白这样吟诵之后，这皖南泾川玉屏山脚下的一潭水就在他心头留下了一抹幽碧的波光，只是他或许没料到千百年后，桃花潭会从唐诗中化出，化成一道供游人欣赏的风景。岸边的汪伦墓已被荒草湮没，李白的醉姿狂态也只能从发黄的故纸中寻觅。可桃花潭依旧在，依旧缓缓无声地流淌着。潭边的居民饮水、浣衣、浇灌稼禾都离不开它。就像《尼罗河传》的作者埃米尔·路德维希说尼罗河那样：“朝代来了，使用了它，又过去了。但是河，那土地之父却留了下来。”我不知道如今的尼罗河是怎样，而眼前的桃花潭不再有“潭落天下星，龙升水中雾”的气韵与神秘，滩岸淤积的沙石日益伸向它的腹地。桃花潭离干涸还远吗？踩着咕叽咕叽的沙石，我仿佛听到桃花潭独自哀叹：人类啊，就算你们告别了水运年代，就可以让水干涸吗？

夜宿桃潭饭店，小镇冷清，寂寞中不由格外惦念一箭之遥的桃花潭，想来夜中那静定的水面必有几分别样的梦意与夜光。出了旅店，循着幽巷深一脚浅一脚向桃花潭走去。走近了不禁讶然，黄昏时还瘦削不堪的桃花潭，此刻竟丰盈膨胀起来，一滩沙石已没入水中，略显寒光的潭水已漫及岸边那一片连绵的茑萝。水足足涨了两尺，星光下西岸显得朦胧遥远。想来是上游的水库放闸，太平湖水奔涌而来。

立在桃花潭的岸边，贪婪地吮吸着那鲜活湿润的空气，掠过水面的风有一种微微的腥甜，游移轻耀的草萤忽地从身后飘来，幽灵一般让人惊出冷汗。渔舟泛过水面，桨声隐约古远。西岸那些年头悠久的徽式民居，星光下灰蒙蒙的，极少有灯光透出瓦窗。夜幕里，没有灯火的老宅，犹如失了生命的蝉壳。这使我想起画家应天齐的西递村系列版画，那些灰色的老房子在幽蓝的静穆中“门关着，窗关着，关着沉淀的世界……”我忽然心生感动，这个夜晚的身心感受可谓是生命体验里神秘的一种：大自然的静美、天籁的亲切、古民居的文化激荡，还有我无法言说的一丝温柔的悸动，复活了我心中沉睡已久的审美本能。直到此刻，我依然感激桃花潭的一石一草，感谢它千古不息的奔流。桃花潭其实是优美的，它的质朴粗糙有一种力量，数千年的岁月那般无情，将它一点一点销蚀，但它却依旧真实地存在着，使那满潭的美丽雾气和不远千里前来凭吊它的性情中人有一种实在的依托。

倘若你不是那种喜欢过就丢弃，随随便便粉碎幻想的人，你一定不会轻易忘掉桃花潭。人们匆匆来了，草草看了，浅浅感受了，就心满意足或恋恋不舍地离去，而桃花潭永远静静地等待。徐志摩说过：“我们这一辈子，认真说来能认识几个人？能认识几个地方？我们都是太匆忙，太没有单独的机会。”是的，我虽然一厢情愿地要将桃花潭作为心中怀念的对象，但毕竟没真正地“认识”它。许多时候我只能看见它的臆想之影，我写下这篇闪烁其词的文字，也只怕越发辜负它了……

早年的青弋江

我说的早年是四十年前。四十年前的青弋江与现在比真是恍如隔世。不知道别人对时间的感知如何，在我印象中，时间犹如加速度，越过越快，世上风物变化也是越来越快。

童年的一年有多漫长？从捕一只夏蝉再到冰河上奔跑要隔多久？真是数不清的日出日落。现在呢，月怕过半，年怕中秋，光阴如飞，眨眼一年。一些故人冷不丁就先下了车，留给自己冰冷的背影和幽幽的思念。

四十年前的青弋江与眼下仿佛隔了几个世纪。那时江边有赤膊拉纤的纤夫，有唱着歌拉网的渔农，有撑着油纸伞过江的女人；岸边有茂密的竹园，竹园里有豺狗和狼去附近村庄觅食。村民去河边洗锅刷碗，常见小鱼小虾们跑到浸泡在水中的锅碗里来。那些滚圆的鲳条鱼，常常用嘴啄着站在水中洗衣的媳妇姑娘们的小腿，痒得她们咯咯笑。我童年的夏天是泡在这条河里的。那时的河水真清，一眼就能看到河底的青石和石缝中的水草。远远地见鱼鹰过来，我们这些光屁股的男孩双手护裆赶紧往岸上跑，生怕那些贪食的鱼鹰误咬了自己的“命根”，直惹得那放鹰人开怀大笑。鱼鹰远去后，我们扎猛子比赛，看谁在水底走得远。我气很长，但不知为什么脚一着地老要往上冒，就悄悄搬了一块石头，果然在水底能走很远。

村庄这边是陡岸，有许多青石，河的对岸是沙滩，有许多庄稼。在水中玩腻了，我们就到岸上比赛打水漂。薄薄的鹅卵石在河面跳跃着奔向河心，我们常常乐此不疲，太阳把头发晒干后，就穿上短裤回家。妈妈见了照例吼一声：“玩水去啦？”“没，拾柴火呢。”晃一晃手中几把枯树枝，就去翻小人书了。

第一次看青弋江中出现的“小火轮”，不亚于人们第一次见到庞大又会吼叫的火车。记不得早饭还是晚饭时，突然听到了一阵“啪啪啪啪”的声音，大人们说：“河里通‘小火轮’了。”我们放下碗急急奔上河岸，只见一艘漆着绿漆的轮船正由近驶远，我们一脸惶然地直看着“小火轮”消失。渐渐地，河上的白帆消失了，纤夫的歌声消失了。渐渐地，鱼儿少了，河面上常常浮着大片大片的柴油。吸沙的机船多时能覆盖河面，没有一户人家肯让自己的孩子下河游泳。

梅雨季节，青弋江边的人家常常要去河里看水。这条灌溉过两岸庄稼的河，此刻变得悍猛起来，暴涨的河水将滩上的农作物吞没了，那些护岸的树也一半浸到水中，但河水多半在堤内卷着漩涡，躁动着。上游的植被越来越少，河水一年比一年黄。河面上漂着烂木死畜和泡沫，我划着木船下河捞烂木头，发现一条巨蟒昂着头几乎与小木船一样长，吓得我赶紧往岸边划。这时，河面上也开始封航，一些吸砂船再也不许在河面上乱开，因为洪峰威胁着两岸居民的生命财产安全。

洪水年年来，抗洪成了一年一度的大事。青弋江变得失去控制，枯水时，河床裸露；雨季里，江水暴涨，决堤毁田。四十年前的青弋江像一支悠然逝去的牧歌，让人怀念。

四十年前的那些夏夜，岸上一家一家的凉床一字排开，足有几公里长，躺着说古论今的汉子、敞着怀奶孩子的女人、唱着儿歌的嫩伢，满天的星斗，河面悠悠吹来凉爽的风……四十年前青弋江边的一切都让人怀念。如今岸边百姓的生活方式亦已变迁，几乎家家有了自来水，雨天里不再一踏一滑到河里去担水，夏夜躲在家中吹电扇空调，长长的青弋江堤边空无一人。许多儿歌、民歌都失传了，仿佛它们根本没有在青弋江边出现过。村上的青年男女也不再坐到江边谈情，他们此刻正在遥远的都市打工。那些悠悠的江南风味，一点一点地被剥蚀。得失之间，一代人老去了。

今天，当我在都市游泳池中看到那些被牵着的小儿一遍遍艰苦地被教练教学游泳时，我总会想起四十年前青弋江上那些船家的孩子，他们两三岁时，像小狗一样拴在舱里，稍大些要让他们学游泳了，爹娘就给孩子腰间拴根绳子往河心里抛，反复呛几次，就都成水猴子了，再也不用担心掉到河里淹死。现在青弋江还在流，可父母再也舍不得那样扔孩子了。人们在生活日益精致的同时，也正在失去适应自然的潜能。我觉得自已离青弋江越来越远了。一些古朴的生活趣味，像工艺油画似的被同时挂在许多人家的客厅，麻木了人们的审美。生活已不允许有太多个性化的意趣滞留在时间的尘壁上。四十年前的青弋江呵，那是一条河的青春……

最初的舞台

如果把职业人生看成是一场演出，那么南陵格林侯家山就是我人生最初的舞台；如果以哲学家梭罗的眼光看来，那个到处生长树木与浆果的侯家山也是我踏入社会的一座大学。

说不清为什么，在暌违侯家山数十年后，我依然怀念当年果壳里的那一点点静好和踏实，感恩在那里的相遇，以至其他地方犹如浮云，我总是在云中飘忽不定。昆德拉说，人的一生注定扎根于前十年中，我以为移到职业人生中来亦然。当年我从卫校毕业，就像一颗种子那样被种进侯家山，落地生根，风雨十三年……

历　练

1982年9月的一天，从卫校毕业的我风尘仆仆地赶往南陵县格林精神病医院报到。医院坐落在侯家山，粗糙的混凝土门楼上竖着一块木牌，白底黑字：芜湖地区精神病医院。它就是今天大名鼎鼎的芜湖四院的前身。从那一刻起，我将开启新的人生，这一年我虚十九岁。

一踏进医院的围墙，满地碎石炭渣，四处是家禽与它们的排泄物，估计是院外农家养的鸡鸭进来散步。有一个候诊的女性患者模仿着播音员，在操场上大声播报天气预报："今天夜里到明天白天，有大雨……"动静之大，令人震惊。一眼扫过去，除了高高的食堂，行政区、门诊部与几个病区，清一色都是灰楚楚的平房，低矮地趴在侯家山上。看不到大医院的整洁与排场，看不到楼房。还有一个由待业的职工家属子女组成的知青点，也像一个临时病区，我一直不太清楚它的职能。之后穿过一条南北水泥道，最北端围墙边居然有一幢三层砖楼，我们的集体宿舍就在那里。我当时有些沮丧，对即将开始的新生活滋生出一腔莫名的忧愁。

一周后，我开始上岗，因为是检验科，在精神病医院最早的工作体验是看显微镜下的标本。某天，我看到血片里有疟原虫的滋养体，就在报告单上大大方方地写上：阳性。科室同事很惊讶，阳性！这个患者查过多次，一直给出的是阴性的报告。后来他们挨个看血片，问滋养体在哪？我把它调到镜下显著的位置，说，就是那个环状体，像个戒指。随后我保留了那张标本，讲解滋养体的特性与染色时的注意事项。类似的经历还有，有一次给本院一位职工检验微丝蚴，结果呈阳性，确诊他得了丝虫病。此前，他的报告一直也是阴性。我让科室同事仔细观察镜下微丝蚴的特征。通过这两件事还有后来的生化检测工作，我很快成为科室业务骨干。那一刻我很感谢母校和我实习医院的老师，是他们教会我许多有用的知识，让我在新的岗位上迅速找到了自己的位置。后来科室检验质量的提升，以及若干年后医院整体搬迁和新检验科的创建，我都贡献了自己的力量。

抗　灾

四院虽然是地处偏远地区的专科医院，但无论是数年前的非典，还是后来的新冠肺炎疫情，四院都是第一时间积极响应。1983年夏天发大水，洪水吞没了许多地方，安徽省受灾面积很大。当时面对特大洪灾，医院紧急行动，我与同事组成的第一批五人抗灾医疗小分队被派往郎溪县灾区。

经过郎溪县城时，我们看到街道上行船，房子淹到门楣，真是一片汪洋。目的地叫幸福乡，受灾严重。当晚我们驻扎在一块高地上，应该说是一座小山。帐篷倚树而建，白天太阳很烈，棚内气温高，夜晚凉下来又有许多蚊虫，没电，熄了蜡烛，山顶一片漆黑。不能看书，太早又睡不着，我幸亏带了支口琴，找个地方去吹一吹，或者背一背诗词。那个年纪，风雅自赏是最活跃的一种私情，一点也意识不到矫情。但我更喜欢借着夜色凝视那些树，在黑暗中看久了，就没有那么黑，能够分得清那些树的种类，有松树，也有杂树。我不太喜欢常青的松树，杂树更能让我体验到美感，它们具备随时令而变的能力，虽未入秋，杂树就开始叶黄，我们对生命的体验，似乎可以从这些应时而变的杂树深入下去。

最初几天，接诊病人多半是肠道感染，偶尔也有外伤患者。后来病人越来越多，输液架不够，瓶子就挂到树上，最严重时注射器都不够用。我带去一架小小的显微镜、一些玻片与试管。那些日子，重复的血常规、尿常规叫人疲于应付。一个月下来，我们吃不到新鲜蔬菜，餐餐是鱼，头几天还高兴这里居然把鱼当小菜吃，几周下来就腻了，特别想吃青菜，看到鱼就没了食欲，甚至想吐。与我一起的几位同事也一样怀念蔬菜。这种体验是独特的，以后再没有过。当时没地方理发，一个多月后，我们四位男士看上去个个人瘦毛长，只有长发的护士变化不大。

我一直难忘那一段特殊岁月。记得当洪水退去疫情好转，我们要离开了，乡亲们依依惜别，仿佛亲人离去一般不舍。人都有自己生长的背景，无论这个世界发生影响多么深远的大事，这里却只属于依山傍水劳作的当地乡亲，他们不会心怀一抹淡淡的闲愁，而是对山野蘑菇的分布了然于胸，对河汊的鱼情心心念念，对季节农事一丝不苟。有位热心的大嫂还问我们中谁没有对象，她平时常送些吃的给我们，家里有两个好看的闺女初长成，我估计时间再长些，像当年插队知青那样，或许我们中真有人把根留下，留在幸福乡！好多年后，我还专门为此写过一篇散文发在上海《萌芽》杂志上，题目叫《珍惜相聚》。如今当年五人小分队成员有的职业生涯取得不小的成就，有的成为专家，有的跨界成著名律师。人生果真如戏，谁也难测下一幕剧情之变。

图书室

坦率地说，对于青春的我，四院太寂寞。上班在围墙内，下班在围墙内，周末还在围墙内。那一圈围墙，方圆只有五万平方米。灰色的建筑之外，有树林、竹园、菜园、水井，夏天还能看到乱爬的虫子、奔跑的黄鼠狼，甚至蛇也光顾过那些低矮简陋的平房宿舍。有个护士早上去冲开水，一提水瓶，瓶底居然盘了条赤练蛇。我也有类似的遭遇，是上卫生间，那时还没有抽水马桶，一条蛇稳稳地占据了我要蹲的地方。此后很长的日子我每次都要小心察看后才敢如厕。

当年我唯一喜欢的地方，是医院一个不大的图书室，被隔成两半，前区阅读，后区藏书。原来也是可以看到一些医学、科普、文学著作，还有一些当年发行量很大的报刊，印象中有《读者文摘》《小说选刊》《青年博览》《知音》《安徽青年报》等，这真让我喜出望外。那是20世纪80年代初期，伤痕文学兴起后，整个社会对文学有一股莫名的热衷。刊物上，青年人刊登个征婚启事，都要在一字一金的正文内添上“本人爱好文学”字样。马尔克斯说，每一个生命都有灵魂，只是怎样唤醒它们。我觉得正是这样的风气加上四院的寂寞，唤醒了我崇尚文学的灵魂。在学校读书时，我就订阅过《小说月报》，还尝试过创作诗歌。如今，在这个安静的图书室里，我一边读书，一边做笔记，摘抄喜欢的诗文和句子，是图书室收留了我那颗不安分的心。忙完本职工作，那儿成了我的天堂。正是那个时候，我萌生了写作的念头，那种厚厚的硬面抄，我写完好几本，主要是诗歌、散文，还有短篇小说。然后我试着投稿。我的处女作是一篇散文，发表在《安徽青年报》副刊上。那天下二病区，万主任说：“小董，刚送来的青年报上有一篇文章作者与你名字一模一样，会是你写的吗？”我一看名字《毛线衣》，立刻点头，是我写的。“啊，你会写文章！”同事们都很惊讶，当时我感觉有一道电流袭来。见报了，还是头条，还配了图，一千五百多字！真没想到能发表。后来我看到一篇文章，说大作家贾平凹当年在《西安日报》副刊发表处女作时，他拿着样刊狂奔，大声叫喊：“我的作品发表啦！”几近疯状。说实话，我感同身受。现在的人也许无法理解，不就是发了篇小稿子，至于吗？可当时那个崇尚文学的年代，一个有文学梦的人第一次发表作品，真的是一件人生大事。至今我还记得，当时我回到门诊部时，白大褂口袋里揣着那份样报，非常激动，特别想拿出来给遇到的同事看看，后来花很大的气力才恢复平静。从此以后，穿白大褂的我白天坚守医生岗位，夜晚坚持阅读和写作。

联　欢

青年人趋向欢乐，就像植物趋向阳光一样执着。这么多年过去了，我总难忘记在四院时与安徽大学历史系学生的一场联欢。

这得介绍一下背景。在南陵四院围墙之外，有一个被称作千峰山的地方——一座极为平常的小山，裸露的黄土，稀疏的灌木丛，许多次我曾散步到那里，黄昏时常有野兔等出没其间。《南陵县志》关于千峰山有这样一段记载："千峰山位于县城东郊，绵延十余华里，由万座小山包组成，故千峰山又名千峰墩，墩者，土堆也，形成年代不详。"历史翻到了1984年这一页，安徽全省文物大普查开始了。省文物考古专家们也来了，在经过数月的考察后，他们激动地向世人宣布："千峰山是西周至春秋时代的古墓群！"那时几个山包被挖开，有了惊人的发现：云雷纹垂鼎、几何印纹陶器、夹砂陶器等一大批随葬物品在坟墓中出土了，专家鉴定其为一批春秋时期的青铜器和陶器。这里因此也就成了省重点文物保护单位。安徽大学历史系的学生们就是在那个时间节点来到四院的。他们中间有位漂亮的女生，高个白皙，穿着绿色衣裙走进围墙，像飘进来一朵彩云。她是学生会干部，来到我们医院联系，想与我们开一场联欢舞会。院领导让团支部操办，我们几个支委与团员们立马行动起来，决定将高大宽敞的食堂作为舞池，移去餐桌，拉上彩纸，搬来音响。

那天晚上，不仅是青年职工悉数登场，许多会跳舞的中老年医护人员在场边观看一阵后，也情不自禁地进入舞池，他们脸上漾起幸福的笑容。而那些大方的大学生，无论男生女生，都主动上来邀舞。他们还表演了一些现代舞，青春的气息感染人心。就算是完全不会跳舞的人也围在一边不肯走开，连邻院的村民都围过来看热闹。在缺少娱乐的日子，青春的突然闪现使得这个夜晚特别具有吸引力，以至在他们走后，我在内心还期待有这样的机会再度来临，但是一直没有。某些周末的夜晚，年轻人为排遣寂寞，会带上手电筒，骑单车去几公里外的县城看场电影。而我呢，阅读让我生长出冥想与期待，我不再害怕寂寞，与寂寞相亲相爱。但那时，我也常常感到困惑。比如弗洛伊德认为，当一个人追问生命的意义与价值时，他就生病了，因为无论是意义还是价值，客观上都不存在，一个人这样做，只能说明他未得到满足的原欲过剩。现在到了人生秋季，似乎能品味他的语意……

改　行

光阴荏苒，时间很快来到1995年，此时，四院迎来重大发展，整体从南陵搬迁至芜湖市，更名为芜湖市第四人民医院。此时的我，在四院娶妻生子，通过自学获得文凭，当了科室负责人，完成了人生的重头戏。但这一年，我的职业轨道还是发生重要改变：我考进芜湖日报社成为一名副刊记者、编辑。从医院到报社，除了人生机缘，其间的纽带应是我此前在报刊发表的近百篇文章。这对于我，心理上是一种支撑，一种对自尊的支撑。

当时四院两位主要领导曾诚心挽留我，因为我执意离开，想圆心中的文字梦，我承诺走之前一定安排好科室工作，他们最后还是给我开了“绿灯”，至今我都十分感恩。调离后，我为四院的宣传工作也做过一些力所能及的小事，多次给四院医护人员写过或修改过演讲稿，她们在卫生系统演讲中屡屡获得好成绩让我备感欣喜。有很长一段时间，与报社同事讲到四院时，一不小心就会说成“我们医院”。对于我来说，从二十岁到三十岁，是人生特别重要的十年，而这十年我基本是在四院的围墙里度过的，它的狭窄制约了我，也成就了我。

这些年，我一边做新闻媒体，一边坚持写作。其实，这是截然不同的两回事。写作，能把一个人带入理想之城，那是一块精神的自留地，独立、诚实、纯粹，怎么耕耘都不过分。

做新闻，我的体会就是同时代的“毛病”打交道。虽然有高歌猛进的主旋律，有榜样式的人物，但新闻还是会暴露很多社会现实问题。记者与医生完全不一样，前沿的记者会蒙受更多的荆棘与硝烟。但它让你活得接地气，让你与世界保持及时、紧密的联系，体会生存的艰难与复杂，同时让你参与改变并塑造外部环境的过程。

有人曾问我，现在记者收入不如医生，你后悔吗？我不后悔。每一个努力工作的人都有自己的方向，有的人只是将它作为职业，有的人则缘于深情。无论我天赋如何，对于文字我都满怀深情。尽管媒体与写作不一样。写作，是一个人与自己对话的方式，它倾注了个人的爱、浪漫和肯定；媒体，是一个人与广场对话的模式，它表达着你的理性、逻辑和反对。前者让你体验着积极与自由，后者让你意识到公共与责任。

眼下，我差不多已看得见职业的终点，但不是写作的终点。我还会写，也喜欢读。所有生命都有其内在的渴望，而人生的渴望格外多样。就像作家史铁生说的，巨大的存在之消息被分割进亿万个小小的肉体，小小的囚笼，亿万种欲望拥挤摩擦，相互冲突又相互吸引。我永远是一个小小的囚笼，也是一个小小的宇宙。

在书房安静地写字

书房里总有书架的，从前上面都是别人的书，直到2003年，书架上面开始有我自己的书。先是一本，后来越来越多，独立出版的，合著的，有些校园读物甚至只是发表点评的，也有样书寄给我，一时间书架上自己的书也颇具规模。但随着几次搬家，终于只留下几本自己看重的书，因为书房变小，别人的书也占去大半，不过都放在书架上，也不会去看了。

记得第一次出书后，好长时间都很兴奋。白天我在华兴街办公楼下，偶尔还有人拿着书来找我签名，我有点欢喜，但碰见同事便有点难为情。偶尔，我还会收到一封情真意切的读者来信。路过春安路新华书店时，我总想去二楼看看剩下的那几本《庸常岁月》是否还寂寞地摆在书架上或者已经被人买走。到了星期天下午五点，我总爱打开收音机，守候芜湖人民广播电台的“文学星空”，看是否还能听到主持人音色柔美地朗读《庸常岁月》里的散文……

一个从来是别人读者的人，忽然有一天也有了一些自己的读者，那感觉很是特殊。因为他从来没有想过“自己的读者”对自己的生活意味着什么，或者说有什么重要性。我对自己所有的读者都怀着感激之情。尽管当别人打开我的每本书时，我多少有些不安，那是因为我缺少自信，我把青菜和黄叶都放在一起了，像一个通常的小菜贩那样，没有能力去搭建自己的“精品屋”。

我一直喜欢在自己的书房写作，也喜欢在书房里阅读，包括读信，后来还喜欢在书房里写毛笔字。

我收到的第一封读者来信是一个没有署名的人，但他的字迹我是熟悉的，可能编发过他的来稿，却又一时想不起名字来。他在信中说：“书买回来，一家三口抢着看。我女儿也喜欢看散文，我爱人看完电视新闻后，看这本书一直看到夜里一点。我自然也仔细阅读了，想当年我们素不相识时，你那篇《拾稻穗》就已经收录在我的小小的剪报集里，说起来应该是老相识了。”在信的末尾，他说：“我希望并期待你的下一部作品问世，也许是《攀登的岁月》，也许是《追求的岁月》……总之不管下一部什么岁月，我将在我有生的岁月里期待着。”

说心里话，读这样陌生朋友的信，对一个写作的人来说无疑是一种有力的鼓舞。后来我出的书也不知道他看过没有。

我的书柜里，曾保留着一封著名作家伍立杨先生的信，他在信中说：“大著《庸常岁月》收到，当夜读到子夜时分。我以为，您的文字，以浸透情绪哲学的氛围胜。很耐读，笔墨无虚飘感。有些篇章以后发展成小说，契诃夫或欧亨利式的，将会很感人。”这是朋友勉励性的表态，不复是普通读者的反响了。后来我的第二本书《一路走来》正是伍立杨君作的序，至今感念。

现在坐在书房里，偶尔会怀念在书房读信。当年读着这种信时，我脸红耳热，心想，要怎样去写，我才能不辜负他们！我知道随着年龄增大，自己越来越难再诗意地理解生活，诗意地看待周遭的一切了。这于写作是危险的，一旦让世俗的概念取代了感觉，我们视觉、听觉的体验能力就会萎缩，我们的文字就会失去那种清纯。当年伦敦街头的雾让芸芸众生漠视了很久，谁愿多看那灰蒙蒙的雾。直到有一天，莫奈把伦敦的雾画成一团紫红色，伦敦人才始而愤怒，既而吃惊地发现莫奈是对的，那些雾的确是紫红的，于是称他是“伦敦雾的创造者”。这是一种发现力，更是一种创造力。多么希望喜欢写作的人一生都保留青春年少的直觉和微妙的心态，一生都有能力去憧憬或惆怅，走出书房能感知生活的诗意，走进书房能书写人生的春秋。

书房里的书，虽然从几千册变成几百册，但字帖却多起来，那是近十年里添的，得闲时一直在书房安静地临写它们，偶尔也做一做将来人书俱老的梦……因为爱上书法，也仿别人给书房起了个斋号：百城斋，希望在自己的书房能够“坐拥百城”。

我有一句话想告诉读者朋友：在书房安静地写字是一种境界！

故乡过端阳

日月如梭，节日一个跟着一个。在一年的节日里，最爱是端阳。只一听“端阳”两个字就觉得温暖。如果节日是有颜色的，那春节是大红的，中秋是清灰的，一个太闹，一个又有些清冷。只有端阳是温和的柠檬黄，最贴合家常的心境：适度的喜气，不张扬的温婉。

记得郑板桥写过《忆江南》，可说是农耕里端阳节的经典情景了：

端阳节，妇子乱忙忙
寸草菖蒲和滚水
一杯烧酒拌雄黄
额上字涂王

端阳节，正为嘴头忙
香粽剥开三面绿
浓茶斟得一杯黄
两碟白洋糖

到了我们的童年，基本还是两碟白洋糖，用竹筷戳着白粽子，使着劲儿去蘸瓷盆里的红砂糖、白砂糖，瓷盆一会儿就空了，母亲再满上。这一天要吃掉几个月的供应糖，真是童年里难得的奢侈。现在什么糖都有了，可是什么糖都比不上儿时糯米粽子蘸着的砂糖滋味了。

端阳节的午餐桌上，除了香甜的粽子，细嫩的鳝丝炒蒜苗，还有着血红汁儿的苋菜。妈妈总要搛满满一筷放到我们碗里，一边说："吃，孩子们，端阳吃苋，无灾无难。"尽管肚子早已撑着，我们还是听话地吃下去。无灾无难，这是多么美好的愿望！

端阳节的另一个快乐，就是去青弋江看龙船赛。选一段宽阔的河面，百舟竞发，鼓声喧天，呐喊潮涌。哪一条船不牵引着岸上妇孺的心。小媳妇打着纸伞拖着长辫，孩童们点着额黄在人群中乱钻。水里岸上，都是满满的欢声笑语。这是端阳营造出来的百姓的太平光景。

端阳来时，春寒早去，酷暑未置，是江南宜人的五月。这样的季节，是孕育着希望的季节，如一切都还来得及的人生华年。不像秋天来临时，一切已成定局。记得中学时我的一位物理老师常用这样的话来警策讲台下的我们：五月里过端阳，黄鳝泥鳅一样长；八月里过中秋，黄鳝是黄鳝，泥鳅是泥鳅。那意思是我们好比黄鳝泥鳅混在一塘，日后会见分晓。努力成才的越长越长，变成"黄鳝"；不求上进的淘汰下来，就只能做长不大的"泥鳅"了。这是老师对我们的鞭策。其实我们更多的人是愿意停留在端阳的祥和里，那时我们的人生刚出发不久，我们彼此一伸手谁都能够得着谁，多好！后来还真应了老师的话，几十年后，有的同学出了国，成名成家；有的夫妻双双下了岗，四处打工挣扎在贫困线上。端阳是一年里多好的光景，就像我们人生里的青春。

在乡村，你能听到许多名叫“端阳”的小姑娘，扎着两根羊角辫，穿着碎花小袄，在田野上快乐地奔跑。她们采着满把的野花，眯着眼看山坡上太阳升起，用手指轻弹着草叶上的露珠……爱默生在《论自然》里写道：实际上，很少有成年人能够真正看到自然……太阳只会照亮成年人的眼睛，但却会通过眼睛照进孩子的心灵。乡村里的“端阳”们，个个都是自然之子，一辈子都会童心不泯。记得村口有棵千年古樟，落枝曾几次砸坏院墙，但孩子们在树下玩耍却从未被落枝打伤过。一个叫“端阳”的女孩说：“树爷爷长着神眼哩，他知道我们在树下玩就不会往我们头上掉枝儿。”叫“端阳”的女孩就是这样天真得让你惊喜。

离开乡村，就离开了端阳的家园，它常常在众多的日子里一溜而过。那些防盗门上再也见不到端阳的菖蒲和艾叶，那些扁扁方方淡而无味的粽子天天都在超市里出售。端阳，端阳是什么？许多的茫然写在人们的脸上。只有像我这样的中年人还怀着一丝纠缠的情怀。

喜欢端阳其实是怀念自己回不去的岁月和怜惜自己如今辗转不定的灵魂……

学书小记

我临写最多的是《圣教序》，大约临写了三四年吧，还在断断续续地临写，也写《书谱》等。我是回过头来才临习颜体楷书，也有一年时间，其中，《勤礼碑》临了八个月，《自书告身帖》也临了三四个月。《勤礼碑》是颜真卿古稀之年书写，可谓气势磅礴。进入唐楷之初，我有一种沮丧的感觉。个人感觉楷书的笔画比隶书、行书难太多，颜字又更有每一笔都拉满弓的感觉，险绝中含着平正，平正时必有险绝。

同样是颜体，帖比碑要难得多，因为包含的信息多。碑，经过刻写的再加工，损失了很多细节和个性。帖，墨迹直接体现书写人的状态，细节丰富，个性突出。碑，可以一个字一个字地抠。帖，却要一行一页地练。临帖的时候就像与古人面对面交流，字与字之间、行与行之间更有关联，不仅要临出字形与结构，更要临出行气和章法。临帖最难的是，每个字单看也许还过得去，一行却未必好；每行单看可能还凑合，整篇却未见得好。即使整篇都像了，还有书写的气息是否与帖一样贯通。

有时我想，中国的书法，确如禅宗“炼心”，练习呼吸、学会放松、放下自我、修习静定各个环节都包含其中，直至超越技艺，达到“无艺之艺”状态。有书论说：“夫书，先默坐静思，随意所适，言不出口，气不盈息，沉密神采，如对至尊，则无不善矣。”

习书，也许很久我们所获甚微，几多空茫。突然有一天，在无意识中，量变终于达到了质变，书写出正确的一笔来，从而心手相印，忽然神采。接下来，仍然是持续不断地练习，不如此，不能达到正确且稳定的状态。只有在写字中，才能发现以往很多道理都需要重新去体会。写字临帖，一直在操练自己去学会与挫败感和谐相处。每一页总有写得不满意之处，总有气馁的时候。写字同样让我明白，一个人要想完全接受自己是多么困难。数年来，我把写字当成日课，只要可能，就伏到桌前写上一番，短则十几分钟，长则几小时。进步是肯定的，不仅仅体现在写出来的字好看了，笔画有质量了，还体现在身心比以前放松了，常常会在书写的过程中自然而然地达到凝神收心的静定状态，无意中让我感到欢喜平和，我想这可能才是书写带给我最真切的好处。

每天空闲，坐到书桌前，铺开练习用的宣纸，开始日课，内心会有一种亲切感升起，会从工作的疲累中跳脱出来。没有杂念，什么也不想，只是安安静静地书写，能听到笔与纸接触的沙沙声，时间不知不觉就过去了。

半路出家，并不想能够在书法上走多远，就像我从不奢望在文学创作上走多远一样。人活着，只是需要找到一些宣泄生命情愫的路径，让有限的岁月充盈一些。书写毛笔字是写作之外的另一条小径，让中年的我深感痴迷。以道驭艺，由艺臻道，陶然也。

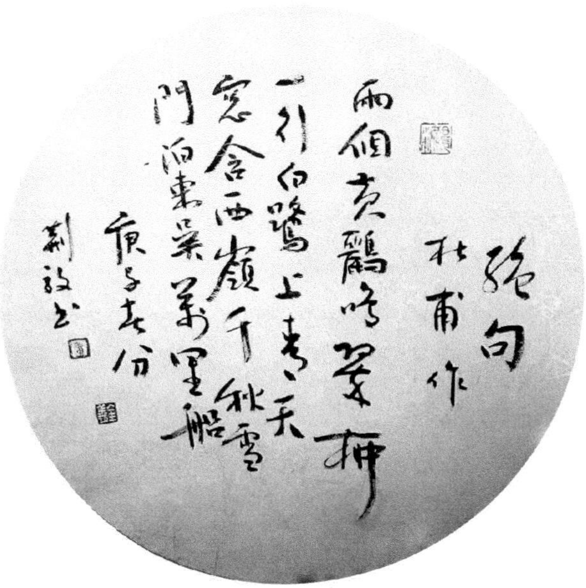

图为作者的书法作品。

我的父亲母亲

父亲离去时，我是单身青年，最后一次探望垂危的他，他艰难地朝我身后看看，看不到一个姑娘相伴，他那失落的表情令我非常内疚。吃晚饭时，父亲说：“你们麻利点，我要走了。”果然那个夜晚父亲告别了亲人，告别生活了半个世纪的村庄，从此我们与他的联系只有一些特殊日子里的祭奠。今年清明，我与哥哥回乡给父亲扫墓，坟边有一棵树长得碗口粗了，周围是大片金黄的油菜花和绿油油的麦苗。风拂水塘，空气清新宜人，成群的白鹅远观如鸥似鹭，不远处居然还有水牛在耕田，而那位耕夫还是父亲生前的熟人。我过去递烟给他，他瘪着嘴说：“我每天都能看到你父亲的坟冢。”是哟，还有他的庄稼们都陪伴着父亲。我觉得父亲睡在这样如画的田园，与村人朝夕相伴，也算是一种福气。

当我自己做了二十几年父亲后，再远望我的父亲，没有了当初失父时的疼痛，倒是有一些往日生活的细节令我时常回味父亲的朴素与温暖。小时我爱打乒乓球，为了省钱就自己做球拍。父亲见了，就用一把小锯子帮我把球拍边沿修圆，还找来一块棕色的塑胶皮，用胶水粘贴在球板上，边沿用一圈大头钉钉平实，仿佛是一圈装饰，又把毛糙的柄打磨光滑。顿时，球拍焕然一新，足以令整个村庄的孩子投来羡慕的目光。

冬天是农村闲季，下雨天，不上工，早上难得父亲陪着睡懒觉，其实是醒着，赖床而已，等着母亲做好饭叫我们起床。这段时间，父亲有时会教我唱春歌，就是春节时由几个人敲打锣鼓站在人家门口唱的歌，因为是春节才唱，所以叫“春歌”，人家唱完是要赏些钱粮的。春歌曲调单一，内容自编，基本是见啥唱啥，但也有事先编好的，以吉祥话为主。比如来者见人家门虚掩着，就会这样唱：他家唱到你家来，你家财门一样开，左边打开摇钱树，右边聚宝盆打开。如果主人客气，邀请来者上桌吃茶，吃完茶是要唱这样一首的：吃府上茶报您听，府上茶名报不清，茶碗出在景德镇，茶叶出在石山坑。

赖床的早晨父亲教会了我几十首春歌，足以在春节时出门走秀的。因为读了些书，碍于面子，没有像父兄们一样实践过。现在春歌早就消失了，当年在故乡方圆百里很流行的。

父亲慈祥温和，从不打我们兄弟，谁做了错事也只是语重心长地说教，他的这一套令心急火燎的母亲很不屑，父亲就说：“我爹没打过我，我不是也成人了吗？成人不成人，不是打出来的。”父亲对子女的态度深深影响着我，我现在努力想成为女儿的朋友。但不知为什么，常常是“剃头挑子一头热”。就培养下一代来说，我不如父亲。

父亲心地一直很善良。大饥荒时期，他曾冒险从食堂里摸些米出来给濒死的邻居救命，被发现后村干部决定第二天要开大会吊打他，父亲害怕被整死，因为之前有人曾因为这种事被打死过。母亲说，逃吧！在母亲的掩护下，父亲摆脱了看押他的民兵，躲在青弋江边一丛庄稼地里等待日落。直到午夜，我那勇敢的母亲终于摆脱了别人的盯梢，带着几样简陋的家什和我的大哥，撑一条小船出现在父亲藏身的河边。他们顺流而下，先在我的外婆家短暂藏身，吃点东西后趁天黑投奔邻县南庄姑妈处安身。

脱离险境上到岸上，父亲和母亲一路谈笑起来。他们在阴逼逼的小道上走着，父亲挑着担子，母亲牵着大哥的手。天上满天星斗，萤火虫远远近近闪烁着。旷野的风格外凉爽，不知是饥饿无力，还是人太小走不快，大哥脚下绊了几次，母亲便将他背在身上。在这样空旷的郊野，三个人默默地走着，他们离开了故乡，没想到这一去竟是三四年。当时我那娇小又乐观的母亲居然哼出一支久违的家乡小调，而且还是关于爱情的那首："手扶栏杆口叹一声呀，鸳鸯枕上劝劝奴的亲人哪，一路野花莫要采，行船跑马要小心。干哥哥耶，谁是你的贴心合意的人耶？"父亲听了嘿嘿笑起来，他接口唱道："手扶栏杆口叹二声呀，妹妹说话哥哥心中明哪，一路野花我不采，行船跑马自小心。干啦妹妹耶，你是我的贴心合意人喽。"唱完两个人开心地笑起来。而我的大哥已经在母亲背上睡熟了。他们就这样来到南庄，一路上的景致都在大哥的梦中轻轻滑过。

我曾经将父母的这段往事写进过书中。父亲去世已三十多年了，我的老母亲依旧活着，倔强地独自一人生活在东郊路。在我看来，她的生活是没有生机的，每天把别人扔的旧东西往家里拣，一屋子垃圾陪着她，而且无论你怎么劝说，都没用。她一定是需要这些东西陪伴着，才有安全感。与她交流的多半是她的回忆。有时想，如果父亲也活着，陪她一起在东郊路散散步，也许她就不会捡垃圾了。但生活就是这样，没有假如，生活有它自己的逻辑与轨迹，谁也奈何不得。

可就在我写好这篇稿子准备给专栏编辑时，年近九旬的母亲也走了。母亲走时我一只手抚着她的额，一只手握着她的手。弥留之际，她是安详的，也不知道她在想什么。送走她老人家，我的内心一片空荡，而非那种深重的悲痛。是不是像人们说的，双亲不在，我们的人生已断了来路，才顿生茫然？偶尔发痴，如果真有阴世，不知九泉之下父母可否再会？

家住长江边

我住的地方虽然离长江不算太近，但因为楼层高，所以江景可尽收眼底。

只要不是寒冬，我喜欢夜晚在露台上独坐，看深邃的天空，看江面上往来的船只，看都市里远远近近的灯火。夕阳西下时，长江变得明亮起来，两岸的植物暗下去，对岸暮霭升起来，如果此刻靠近岸边，江滩上的野花定会柔和而鲜艳，晚霞中的它们恬静而美好。

等繁华的灯光暗下去，嘈杂声低下去，星星便多起来，虫子的叫声也从露台月季花丛中跳出来。我因独坐而宁静，因宁静而回归自我。如果说我还有些思索，多半是在这样的静坐里。

自从搬到城市住，几乎没有离开过河流，从中江桥头月河新村到中江塔边长江长，再到现在的金域蓝湾，我一直都住在水边。我一直记得小时候沿着青弋江水路来芜湖上岸时看到的中江塔的模样，古旧的砖身，塔顶上还长着一棵小树。有时我感觉这一生都没有离开过故乡，儿时喝青弋江的水，现在还是。回老家时发现村庄边江水面貌有变，因河流改道，陡岸变成浅滩，浅滩成了陡岸。这让我想起不久前去过的蛟矶庙，住持告诉我原来的庙址在江心，史称“江心第一境”，现在已经退至西岸。有个文友说，河流会干涸也会丰盈，而河边的人难免会随之搁浅或泅渡。回想自己来芜湖的这几十年，生活与思想也曾搁浅，也曾泅渡，所幸总有出路，总能在迎接江上云霞的明灭中获取力量或宁静。沿着河流，我遇见的每一个渡口和桥梁，都如同我写给河流的情诗。小时候就喜欢河，希望将来长大拥河而居，甚至想要塑造河流的模样，可后来我发现，日夜东流的河水里有一条岁月之河，是它把我塑造成它想要的模样了，而我对于河流，始终是无能为力。中年之后我发现，自己作为个体时常弱小无力，害怕求人，也害怕被人求。但时代和人类是有能力改变河流的，仅仅数十年，长江便不再在梅雨季节泛滥成灾。现在的十里江湾不输上海外滩，晚饭后在江湾公园散步总能见到摄影爱好者流连忘返。人生从过往到现在，其实不远，就像长江的左岸和右岸只有一座桥的距离。

滨江而居，有了一个大露台，我觉得离天近了，便开始关注头顶的天空，也有更多的机会亲近长江。我会关注每一天的落日，每个黄昏长江都明亮起来，和西天的云霞互动。我甚至想过要在露台坚持记录一年的长江落日，实际上我并没有做到，但我变得更喜欢长江了。“你坦腹在大地上，让每一条细流都有自己的水路，让每一只木船都有自己的守候。”这是文友写的，但更像我赞美长江的私语。“江流天地外，山色有无中。”站在露台上，这样的诗意便会油然而生。

经历了寒来暑往，经历了得意失望的辗转，经历了乡村都市，沿着河流，人生之感慨慢慢叠加。有时坐在露台喝茶，面对日夜川流不息的长江，总有写诗的冲动，但一想到古往今来长江收到的诗人礼赞太多了，真不差我那一首，于是就安静下来，眯眼再看看满江晚霞，看看来来往往的船只，回到书房写毛笔字，写的是“江流天地外，山色有无中”——王维的诗。

第二辑

艺文芜湖

米芾与芜湖

因为近来爱临米芾的字帖，也因为喜欢上石头的缘故，所以对米芾的生平开始关注。米芾是北宋有名的大书法家，他的字八面出锋；他也是玩石大家，对石头“瘦、透、漏、皱”的审美评论影响至今。“米芾拜石”的故事更是家喻户晓。

在芜湖的文化圈，很多人都知道芜湖存有一块《芜湖县新学记》碑刻，石碑为宋代原石，碑文为宋代尚书黄裳所撰，而书写人正是米芾。

《芜湖县新学记》碑是唯一较完好地保存至今的米书石刻，它也是米书诸碑中形制最大的，可谓米芾之“丰碑巨制”。其书字法遒劲而韶秀，也含老年的清古从容，代表了米芾晚年的书风。这块碑石，如今还保存在芜湖十二中校园内，是这位大书法家与芜湖渊源相济的有力见证。

无为城北静静的米公祠

查文献得知，米芾做过无为知军，在那里掌管过地方军队与民政事务。无为划归芜湖后，我有一种莫名的亲切感，忽然觉得这位大书法家、大玩石家与芜湖更近了一些。其实历史早已封存在那里，我只是暗自为宣传人文芜湖又添了一笔得意。在一个风和日丽的周末，与三两好友驱车去无为，一路麦黄树绿，沟汊纵横。

皖处中国之中部，无为县也处皖之中，南濒长江，北依巢湖，可谓通江达湖。但在过去，这里并不是什么富庶之地。米芾来做官那阵子，无为仍属于朝廷的边远地区，曾被称作“濡须”。这个名字大家一定有些陌生。

在无为县米芾书画研究会会长季昌云先生的指引下，我们来到无为县城北门附近，这里有一个不大的院落，深藏着并不显赫的米公祠。院落内有几处石景，其中一处最不显眼的石景居然就是最有名的“米芾拜石”。那是一块风化剥蚀得厉害，既像太湖石又似巢湖石的石头，并不比我在苏州、无锡看到的那些太湖石更好看、更耐看，可因为有米芾的深深一拜，它名震古今。我在许多画家的《拜石图》中见过它的样子，可画中的石头没有一块近似眼前这一块的，想来画家也只是凭空臆想而已。如果说当年米芾自画《拜石图》是宣泄内心的情愫，别的画家依样而画多半只是一种景仰和纪念。

不过米芾的确值得世人纪念。初到无为做官的米芾心情很不好，因为无为的“僻陋”超出了他的想象。他在一封书简中写道：“濡须僻陋，月十日无一递，无一过客，坐井底尔。”

宋代时的无为灾年频仍，有民谣道：好一个无为州，十年九不收；

若要收一年，锅巴盖墙头。这既可以看出当年这一方土地上的百姓屡遭灾难的境况，又能看出他们对这片沃土的依恋和期盼。

米芾在无为为官时非常勤勉，季昌云会长曾在他一篇文章中写过：春耕之前，米芾就率领本军官员举行亲耕仪式，去官田犁田，一是示为农先，二来祈求风调雨顺、五谷丰登。春夏之交，他去郡圃察看播种。农历四月后即“麦熟梅子黄”时，米芾又催促农民一边收割麦子，一边放水犁田，准备插秧。秋收时节，米芾会登楼观察庄稼长势和收成。

米芾在无为的两年多时间，重农、重渔、重教育，辖区内风调雨顺，安居乐业的百姓都说是托米知军的福，沾了米大人的光。米芾听了难免得意，高兴地填了一首《丑奴儿》：“踟蹰山下濡须水，我更委佗。物阜时和。追暇相逢笑复歌……”

时过境迁，一切皆成过往。如今我们来到米芾当年居住过的“宝晋斋”，最直接打动我、震撼我的就是米芾在书画领域无人替代的成就，不只是他在书法方面达到的高度，还有他为后人收集保存的艺术宝藏。宝晋斋前即墨池，池中建六角投砚亭。传说米芾当年听蛙声聒噪甚烦，遂拿砚投之，蛙不复鸣。第二天，“一池碧水变为黑色”，米公题“墨池”碑于旁，故称之为“墨池”，经常在这里写字作画。米芾崇尚晋人法帖与名画，一生广为搜求，不惜耗费家资。他将收藏的晋人法帖勒石上碑，称《宝晋斋帖》。如今宝晋斋内藏有大量的珍贵碑石，四壁皆精美书法碑拓，那一幅幅精美绝伦的书法杰作，之前我闻所未闻，也惹得我流连忘返，恨不能搬来居住，心想，如将这些堆放的碑石整理后立成书法碑林，将是何等壮观！

米芾的归宿地镇江

无为差不多是米襄阳仕途终点站，但却并非他的终老之地。他卒于镇江。对于这位中国历史上的大书法家，其艺术成就有不少争议，但对他的归宿地却无争议。公元1107年，米芾病逝，享年57岁。米公墓在镇江南郊风景区。

山下墓道有这样一副对联：抔土足千秋襄阳文史宣和笔，丛林才数武宋朝郎署米家山。墓为圆形。墓前立汉白玉石碑，正中为“宋礼部员外郎米芾元章之墓”，右上“一九八七年春日重修”，左下落款“曼珠后学启功敬题”。启功称自己是曼珠后辈学生。再往山上走，半山腰是四角纪念亭，该亭大小和无为墨池中六角投砚亭差不多。墨池四周鲜花盛开，松柏青青。

现如今，米芾传世的书法墨迹有《向太后挽词帖》《蜀素帖》《苕溪诗帖》《拜中岳命作帖》《虹县诗卷》《草书九帖》《多景楼诗帖》等，无绘画作品传世。其著《山林集》，已佚。其书画理论见于所著《书史》《画史》《宝章待访录》等。

米芾的书法自宋代以来为后世所景仰。其作书谓“刷字”，意指其作书行笔方法与前人不同。米南宫的字就跟画竹一样，用正锋、侧锋、藏锋、露锋等不同笔法，使整幅字呈现正背偏侧，长短粗细，姿态万千，各得其宜，这样就形成了他的独特风格——“刷字”。我在临他的作品时，总感到心有余而力不足，太多的变化让我顾此失彼。

宋史载，米芾初见宋帝徽宗，受命书《周官》篇于御屏。米芾激情书毕，掷笔于地，大声说：“一洗二王恶札，照耀皇宋万古。”这口气多大，将“二王”扔在远处，只身站在这里豪气干云。也是大书法家的徽宗此前潜立于屏风后，闻之，不觉步出纵观御屏，内心十分佩服。看来人“癫”是需要资本的呀！

在无为，米芾书画研究会是个非常有意义的民间组织，协会旨在用“米芾”这个文化品牌为无为也为芜湖的文化涂上一抹亮色。协会会长季先生本人在书法上也有很高的造诣。无为正以米芾书画研究会为载体，联络襄阳（米芾故乡）、镇江（米芾长期居住地），共同打造三地米芾文化圈。在首届“米芾杯”春季雅石鉴赏会上，远在襄阳的米芾第28代孙米学军等赶到现场，参加开幕式。在现场观看米学军接受电视台采访时，与普通劳动者无异，总想在他那张黑黝黝的脸上找到其祖米襄阳的影子。到底什么样才是他的影子，其实我也茫然。时间掩去了一切真相，我们能有的，只是一些文化象征的猜想。

文友韦斯琴

斯琴是书画家，获过兰亭金奖，也是作家，获过安徽文学奖及知名的冰心文学奖。她浓浓的文字情怀数年不改。常常在手机上能读到她发来的短信，有些就是一段散文，我不忍随手删掉就保留了，回首一看，就是一段她的生活记录。一个夏天她给我发来这么一条：“终于等来了一场雨，一场倾盆大雨，下得昏天黑地，这会儿雨已住，风清气朗。原来阳光永远灿烂也并不都成风景，变幻莫测才是造就风景的摇篮。雨滴仍挂在窗玻璃上，伸手去拂她，沁凉，于是我顿生了今夜染一幅绿牡丹的心情。那么现在开始吧……”

她的短信能大约地勾画出她的生活，而且那些缤纷的色彩就是她斑斓的心情。比如这样的短信："这几日，我的米兰正值盛花期，甜香四溢，而暮春时种在花坛里的扁豆也已开出成串的紫花，她们与紫藤缭绕着攀升，很是美妙，当初为了种扁豆曾将蔷薇剪掉，但蔷薇新发的枝叶也已花蕾串串，有一种生生不息的力量感染着我。这个初夏很丰盈，连同日日激战的世界杯，视线里填满了蓬勃的生命。"

她很静，也很率性，生活的状态是随意和自由的，正像她的画和字，温婉清雅中常逸出一片细细的草叶来。

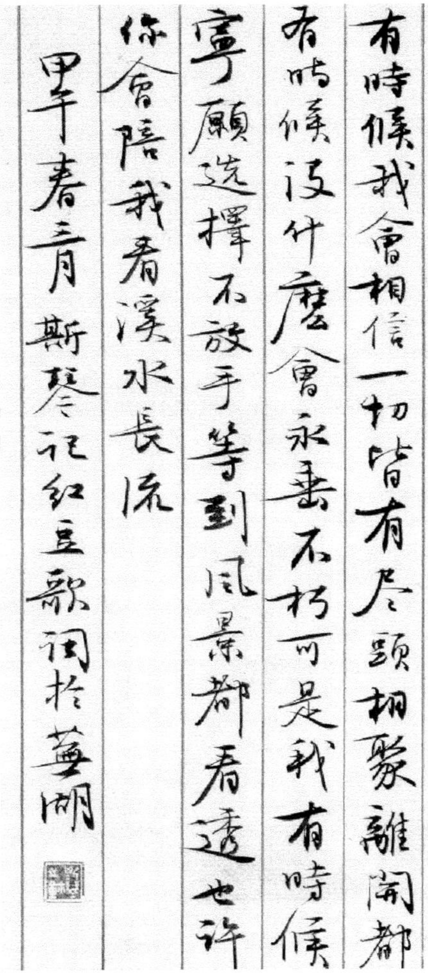

图为韦斯琴的书法作品。

她的短信里说："本打算去润宝斋拿宣纸，可上了出租车后竟改去金鹰购物，买回三条长裙。今天从邮局出来后，准备去拿宣纸，可上了出租车又改去梅花山，这儿绿漾成海，鸟鸣如歌，闲坐着看夕阳西下，很美，哈哈……"明天可能又去拿宣纸，但不知会不会改道飞得很远！原来善变也是一种美丽。我在六百年前铺就的石像路上祝你愉快。我能想象一袭红裙的她坐在梅花山上沐浴着晚霞的样子，细细的眉眼一定很生动。

短信中也有她写字画画的随感："近日于生宣册页上画山水，点染之间云飞水泻，很是惬意，较之过往，于线于色更上一个层次，画面也愈从容静逸，兀自欢喜。"但更多的还是一些生活的状态与闲情：

“前日被我一五一十数着的牵牛花，这两日已搬进画室，花们蔓延在画案上，并垂挂至地板。我每次走进画室都被这美撼得要落泪，艳艳的玫红和着典雅的深紫以及她的有着细细绒毛的绿叶，这一刻美得悄然而隆重，我正用线条将她们悉数收至画面，爱得不行！”

“楼上的一盆矮牵牛，花色玫红，我刚刚去浇水时，细数了一下，花开一百二十八朵，是那种娇艳的喇叭花，叶小花繁，开得神采飞扬，尤其是被白色花台和花盆反衬着，十二分的喜人，写给你遐想。”每次读着她的短信，都能感觉到传过来的气息——平和、静美。

她的世界是清澈的，看不到柴米油盐的琐屑，面对自然她有孩提般的纯真。她说：“今天，我照例一起床就上楼看花，昨日被曝晒得有些蔫的大丽菊复又花开明艳，我好快乐！但忽然发现菊叶上满是细小的虫卵，便用清水逐片清洗，感觉像花们的护士。花了半个小时才洗净，不过米兰的甜香一直环绕着我，便很享受。下楼时电视新闻正播一西方人士为一只不幸断了一只脚的大鸟装上假肢，于是鸟儿又在画面里行走了。哇！其实关爱万物才是真爱自己。你同意吗？”我当然同意，不热爱自然，不关爱生物，怎么能拥抱生活和它的美？

她总是在芜湖、南京两地穿梭，那时候她还没做妈妈，有更多的闲情关注自然时时刻刻的变化，这一点无论对绘画和写作都是好的。即使在旅途她也一样发给朋友她的所见所思：“微雨，有新荷初圆，荷上珍珠溢，无蜻蜓，但见画眉水面低飞，我于麦黄桃绿间返金陵，犹记故园窗前花艳，屋后瓜苗长……”

现在她常住在芜湖，她的别墅很大。院子里有小桥流水，常年草木萋萋，花开花落。所不同的是她坐在凉亭间看风景时，她的孩子们嬉笑奔跑，也成为风景里最生动的一部分。“秋晚莼鲈江上，夜深儿女灯前”，她读辛弃疾的诗，她说隔着八百年时光，人类的理想竟然如此一致……

岁月淘洗，她的文字与书画也更给人以神定气闲、虚和宛朗的美感。

先生书文皆清心

在芜湖文化人中，王业霖先生是我内心尊敬的一位。我们生活中交往并不很多，但这并不影响我对他的敬意。因为我读过他的很多文章，欣赏过他的很多书法作品，它们如同商标一样标注了他的文化品位与文化深度。也因为做晚报副刊编辑的原因，我请他题写过一些栏目刊头，与他有过几回交谈。他的话不多，却很儒雅。

我第一次去市政协找他，是请他帮我写“百城书影”几个毛笔字，用作晚报读书版刊名，因为乡音重，说成“北城书影”。他比划了一下，说：“北城？不通呀，东南西不管啦。”我立即在采访本上写出来，递给他。他笑了：“哦，是取坐拥百城的意思吗？”

我点点头。他说“书影”就够了，我说已经有叫这个名字的了。他“哦”了一声，就取笔在毛边纸上横竖各写一条幅递给我。我致谢离开，似乎还讲了请王老师多赐稿之类的话。那个时候我刚做副刊编辑不久，与王老师这样的前辈交往对我来说是个挑战。我对他的第一印象有“冉冉孤生竹”之类的诗意。

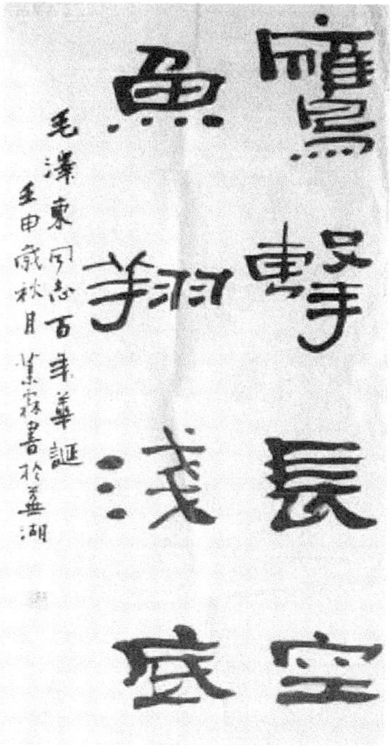

图为王业霖的书法作品。

后来在一些不同的场合也遇见他，报社门口、书画展厅都碰见过，总是寥寥数语。原先的时空相隔让我与他已经很难成为随意的朋友，师长的样子定格了，一如我后来与鲁彦周、公刘先生那样的交往，尊敬着也疏远着。

王业霖先生曾跟我聊起过，在安徽书坛，他极敬重司徒越先生。这名字我知道，安徽寿县人，有一年中央二台给他做过专题节目我恰好看过。业霖先生说，有一次司徒老居然要他写对联，这很让他受宠若惊。他写了一副对联，用的是黄山谷的诗句：“养性霜刀在，阅人清镜空。”司徒越回信说：“这两句话我担当不起，实际上也做不到。”要他重写一副他自拟的对联：“郭有道扫地则可，王子猷种竹不能。”意思是说：东汉郭林宗(有道)有洁癖，即使暂住旅舍，也要扫地清心；王子猷清高脱俗，不论住到哪儿都要种上竹子。这两则典故包藏了司徒越的弦外之音：像王子猷那样清高，我做不到，但像郭有道那样经常扫地，我还是可以做到的。对联写好后，司徒老竟然送去装裱，挂在堂屋正中。王业霖先生说他奖掖后进的办法真是别致，以盐投水，使味在其中且又不露痕迹。王业霖先生还说自己创作《中国文字狱》时，司徒越对其关注颇多。如今，书印出来了，他却不在了，这真让人徒唤奈何！新书寄到的那一天，他拿了一本，恭恭敬敬地在扉页上题写了一首小诗寄给司徒越先生的公子，以告慰先生在天之灵。诗曰：人间丹凤失司徒，天上白榆吊尚书。莫道文心清似水，从今明月不还珠。

这些是1990年之前的事了，如今业霖先生也驾鹤而去。他生前逝后，并没有太大的名气，这一点与他实际拥有的书法、文史等艺术能量不匹配。这也许与当时他没有把更多散落的华章结集出书有关，此其一；其二书画当时也没有像现在这样走入市场，广被重视。以当初王业霖先生的书法造诣，在安徽当有一席之地。当代著名书法家曹宝麟先生有次讲到王业霖先生的书法，称他堪当一“清”字！这是很精当的评价。“清”，其实是书法中最难得的书卷气。看看当今书坛，有人疾呼：“漫天恶札世争奇，皇象工书人不知。”如今偶尔会在一些文友家看到王业霖先生的字，笔致翩翩，是那种隶意很浓的行书，双目不免流连。王业霖先生的书作，一看便知是经年累月从碑帖中走来，敛而有力，逸而不飘。如果论书品，愚以为算逸品一类。倘若天假其年，王业霖先生在书法、文史等领域也将会是皖地令人刮目相看的人物。

他的《中国文字狱》一书再版时，责编、大学者林贤治先生就称他“文章千古未尽才”，并说：“我为王先生未能在生前施展他更多的抱负和才识深感痛惜。就说眼下的这部《中国文字狱》，字数不多，却是提纲挈领，脉络清楚，历史上的大关节都说到了。在这之前，还没有一部用了现代语言、横越两千年的时间跨度缕述中国文字狱历史的！”可以这样说，能承受这种评价的学者，在文史界也寥若晨星吧。这也算芜湖书法家中的殊荣。

几年前，当王业霖先生遗孀王夫人将散发着墨香的新《中国文字狱》送到编辑部给我时，上面还工整地签了她的名字，我真的很感动很温暖，拜读一遍，获益良多。业霖先生的文字如他书法着墨一样，可谓删繁就简，深入浅出，轻灵而不失古意。

我曾想，如果王业霖先生生活的城市有着更辽阔的文化平台，老天给他更充裕的时间，他的人生又会呈现什么样的景象呢？

出新意于法度之中
寄妙理于豪放之外
——知名书画家潘庆五先生印象

我走近书画家潘庆五先生时，他已是退休的年龄。这个时候一个人如果还依旧痴迷着少年时代所做的事，我想那一定不是功利的了。岁月过滤了青春的虚荣与冲动，他用漫长的时间证明了一份对书画艺术的真情与纯粹；也用才情与时间守得云开月朗，枇杷晚翠。眼前每个日子他都是充实的，他在南陵书画院宽敞的工作室，每每挥毫将各自独立、形态迥异的汉字，通过疏密变化、气韵连贯，构成不同风格的纸上风景，横生情趣韵味。他的小楷形若小桥流水，品如江南小调；他的行书恰如山川绵延，仿佛余音袅袅；他的草书如天风浪浪、云水滔滔……这样的审美愉悦，构成他日常生活的意义所在。无论你何时见着他，总是纤尘不染的君子模样，面净修长的高士之风。第一次在南陵书法院看到满壁悬挂着他的百余幅巨作，或书或画，“糅之金玉龙凤，乱之朱紫青黄”，铺天而来，万千气象，着实让我吃了一惊。

家学渊源传统历练

潘庆五先生今天能成为南陵县唯一一位中国书法家协会会员，不是偶然的。早在他童年时期，他的祖父就将他领进书画殿堂。欧体的规矩俊朗，颜体的宽博大气，纤纤絮白宣纸，绵绵水痕墨迹……在无形中滋养了他幼年的审美情趣和人格追求。可以说这是他最早的“文化记忆”。这个“文化记忆”实际上是“文化的启蒙”。有人说，从观念上接近传统文化的和从艺术上接近传统文化的人，他们的角度是不同的。从观念上、从思想上接近传统文化的人，可能一部分只是职业性的，或者说是工作需要；但是，你从书法、绘画，从毛笔和宣纸甚至从《千家诗》进入传统文化，你是有情感的，你是终生热爱的。

我很认同这种观点。所以我觉得像潘先生这样从小喜欢并习练书画的人，是深爱传统文化的。当他拿起毛笔的时候，毛笔蘸了墨落在纸上的那个瞬间，他的情感和他想要表达的东西，和那些纯粹做学术的人是不同的。因为有一种浑然不觉的爱已进入他身体的深处。祖父书写的样子是亲切的，祖父在那个遥远的书斋对他说：“小把戏，字是人第二张脸，你写好字，什么时候都有面子。”没有比这更朴素的启蒙与叮咛。

随着年岁渐长眼界开阔，始知魏晋风范，进而慕“二王”雅逸，临米、赵、褚、董诸帖，经年累月，悉心钻研，碑帖兼学，直至笔头写烂无数，依旧感觉笔下法度有亏，失之纤巧……年过半百提前退休，得以有更多时间在纸墨上挑战近乎苛刻的严谨法度，在书理中见识碑帖背后所蕴藏的人文与历史内涵，使自己的书艺日臻完善。可谓人书俱老。潘庆五先生的书法以楷书、行书见长，这也是他屡屡入选国展的书体。他出版的专著《钢笔书法讲座》《历代咏南陵诗词》等也是以此立足。他的正书作品，浸淫赵孟頫《胆巴碑》《道德经》，钟繇《荐季直表》《力命表》，王献之《十三行》之中；他的行书荡漾在《兰亭序》《圣教序》，董其昌的《试墨帖》以及米芾的《蜀素帖》《诗翰》之间。他的楷书法度谨严，点划起收，映带提按，不激不厉；他的行书用笔流畅，身姿绰约，云淡风轻。其实楷行之外，他的隶书也深得《曹全碑》《乙瑛碑》《礼器碑》等诸碑要领，简约安静，自成面目。偶尔大草，也是笔走龙蛇，奔雷坠石。于书画，他是倾其大半生了。但总的来说，让他书写更自信更自由的依然是行书与楷书。他的书法字帖《历代咏南陵诗词》我是反复读过的，把小字写疏朗，把大字写紧凑，是潘庆五先生的观点。有谓以写大字的笔法写小字，以写小字的笔法写大字的，他以为这不行。作家汪曾祺也说过，把寸楷放成擘窠大字，无论如何是不像样子的，现在很多招牌匾额的字都是“放”出来的，一看就看得出来。潘庆五先生尤其讲究笔法，他一再强调笔的入、运、收之法，讲究线条的质量。他认为专业和业余的书者，区别就在用笔的提按与使转，这话让我琢磨良久。其实，我个人尊重技巧，但也看重书写者境界。书写中我们每个人能做的，是守住自己最擅长的，犹如僧人守庙。书法评论家朱以撒说，书法家常称自己博采百家。这样的话我是不能说的，因为做不到，至多就是借助古人，稍稍拓宽，略变古法，这已经很耗精神了。历史上的大书家也有例外的，赵孟頫就是个“摊子大、货色全”的人，大书家中少有人能比。在我看来，南陵的潘先生在书画方面也是个摊子不小的高才了。

坚持每天搦管泼墨，向古人靠拢，是潘庆五先生的志趣，也是目标。他告诉我，当时2017年全国第二届楷书展在即，可他迟迟未动笔，全国展应有好几万人投稿，入展率对于居住在偏僻小县城的人来说近乎是零。但是，不投，就是零；投，近乎零，但不是零。他决定一搏！从选字路、找题材、谋篇幅、用笔法等，他一一筹划。深思熟虑后，潘庆五先生连写几张，在近截稿时投出，投出后，又投入其他创作之中。一个月后的一天，电话响起，是书友祝贺其入选公示名单了。进京面试，顺利通过，安徽共有7人入展。他后来说，当时的心情是平静的，追求了大半辈子，这星点成绩微不足道，紧接着他又准备冲刺第二届行书展。有了第一次的感受和经历，潘庆五先生似乎胆子又大了些，只是在选题材上尽量不选耳熟能详的文赋之类，选了两幅长联，一气呵成，中途错了二字，也没重写，标注后，落款钤印寄出。等结果出来后，安徽有6人入展，其中就有他那幅有瑕疵的作品，可能评委看到了书者的真实性吧。

我也非常认同这点，你看看被誉为天下第一行书第二行书的《兰亭序》与《祭侄稿》，不都有删改痕迹吗？一个人的作品，也像地里的庄稼，总有杂草伴生，别指望拔干净。一个人没必要以有限对抗无限，感到乐趣就去做，尽量做好，太累时就洗洗休息。如果他当时没洗洗休息，再重新写一张又一张没有瑕疵的，结局会如何呢？

几十年的努力终于有了回报，也足见“天道酬勤，功夫不负有心人”不是骗人的，就看你有没有足够努力与坚持。接下来在市、省书协推荐下，他顺利通过中国书法家协会评审，加入了中国书法家协会，成为第一位由书法创作而加入的中国书法家协会。但他没有因此自得，而是庆幸有机会看到了更多同道的高水平书作，更觉自身不足和差距。纵览古贤碑帖，横看今人力作，时常汗颜不已，唯有辛勤读写，茹苦守成，方有出路。可见潘先生对书道之追求，是谦卑虔诚的。如今，他在南陵书法院工作室，创作之余也传授书道。他表示：“我带学生的想法有三条，第一不是爱书法的人不带，第二想早上栽树晚上乘凉的人不带，第三想利用书法走歪门斜路的人不带。跟我学书法的，一要练心，改掉心浮气躁、立马成名的毛病，循序渐进，从碑帖入手，兼修理论，练心练手；二要潜心专心，戒炫耀；三要多参展，可汲取他人长处，多交流体会；四要从笔法、字法、墨法、章法中去研究书法，改掉仅仅抄字抄书的毛病；五要从一本帖入手，打进去，钻研透再闯出来，做到弄懂了再下笔，下了笔，就要出彩。”

苏轼说：“作字之法，识浅、见狭、学不足三者，终不能尽妙。”在这里潘先生同样强调见识、学识、书卷气，认为书卷气是字画中的高境界。而对于传统，他认为并非只是过去的历史遗迹，而更是要活在当下的精神活体，习书者要在临写时一定要吃准吃透古帖的精神，这是很有为师情怀的。如今他已桃李成林，可算是对书法的另一种贡献。

笔墨通禅书画兼修

经常听人说“书画同源”，潘先生也如是说。同样的纸，同样的墨，同样讲究线条的质量，所以说书画同源是有根据的。但平日接触的画家中，有的很优秀，多次获得全国大奖，甚至成为央美教授的，他们中却也有人对此持有异议，特别是画好字不好的画家，他们坚持“书是书，画是画”之论，认为这是两种艺术。他们举例说，中国最古的绘画，彩陶的花纹多彩多姿，青铜器的花纹威重神秘，但两者皆具图案的、抽象的性质，不像原始象形文字之追求物象。一直到战国时期，才有一部分铜器上有狩猎、动物的花纹，带有活泼的写实意味。由这种古代实物的考查可以明了，我国的书与画完全属于两种不同的性质。当然在这里本文不多纠缠，我因为要说到潘庆五先生的国画，才提一提他的书画观。纵观他创作的画，与其书法艺术的关联是显著的，从画面看，书法与绘画相得益彰的附益的关系也是显著的。在他看来，书画同源，书与画也就有了因果关系。书与画的线条，需要同样的功力。

元代四大画家之一的倪云林，“初以董源为宗，及乎晚年，画益精诣，而书法漫矣”。沈颢的《山水法》在“落款”项下称：“元以前，多不用款，款或隐之石隙，恐书不精，有伤画局。”这似乎可以证明其绘画的成就与书法并不一定齐头并进。但不管如何，如果能在画面中看到同样精彩的书法，会让人对作者多一份尊崇。而对于只敢落下穷款的画家，未免生有一丝遗憾。

很庆幸，潘庆五的画与他的字是相得益彰的。他的画以人物和花鸟为主，构图与用笔，似乎可以在刘奎龄、王雪涛、江寒汀等人的作品中寻到蛛丝马迹。他的画总体手法与书法一样是传统的路数，借形传神，墨与色相得益彰，追求意境深邃。画人物，他喜欢黄胄、刘旦宅、戴敦邦等人的作品，追求人物造型准确，神态毕现，笔法精到。这种特色，在他近期创作的抗疫、抗洪人物组像，以及为书画同道们创作的头像小品中都有淋漓尽致的体现。

多数中国画人物作品创作中，画家的目的只在表现人物的姿态特点，却不讲人物各部的尺寸与比例。故中国画中的男子，相貌奇古，身首不称；女子则蛾眉樱唇，削肩细腰。中国画取的是印象的强烈，故扩张人物的特点，而充分表现其性格，不求形似，而求神合。潘庆五先生的人物画当然也沿袭着这种追求，特别是早期作品，但近年作品中，似乎注重了造型准确，不论是入选省展的巨幅画作《东方之子》，还是最近为南陵驰援武汉抗疫者绘制的国画肖像，以及组画《鳄乡脱贫记》和《鳄乡战洪图》，都体现了这一转变，注重造型，追求形神兼备，结果这波作品大受欢迎，“学习强国”及多家媒体纷纷转载。

在聊到文人画时，潘庆五说：“文人画是有别于职业画家及宫廷画家的一种流派，是封建社会一些文人抒发闲情及对时代腐朽的抨击之表露。文人画要具备人品、才情、学问、思想。如果在当下文人只玩笔墨，抒小情，不与时代同行，最终会被时代所弃。新中国成立后，有大量令人难忘的美术作品问世。如董希文的《开国大典》、刘文西的《祖孙四代》、方增先的《粒粒皆辛苦》、罗中立的《父亲》、詹建俊的《狼牙山五壮士》等。石涛提出的‘笔墨当随时代’的口号，是符合文人或者是文艺工作者的努力方向的。”

从上面这段话，你就能理解，虽是花甲已过，他为什么没有沉湎古帖书斋。他淡出的只是名利，一刻也不脱离火热的时代。在他的笔下，有当下的时代英模，有日常的幸福场景，有百姓的生活温暖，有邻里的岁月温情。

当然，我看到潘先生的一些小品画，也是典型的文人画。我对于文人画，与潘先生态度略有不同。文人画巩固了对线条美的追求，强化了中国画意象造型的传统，让审美观念和审美趣味更多转向笔墨形式，自然流畅，意到便成，表达文人的心灵情感。我想，即使在当下，如果恰好有人气质契合，画些文人画也未尝不可，或许也能画出气象来。当然，文人画笔墨的后面都有时代的大背景，画者不可能游离在时代之外，因此作为绘画的一种，其精神与内涵也会随时代发展而变化。这让我想到赵孟頫说的：结字因时相传，用笔千古不易。可不可以用在国画上呢？其实所有的理论都是相对的，结字虽有时代特征，但基本结构总是不变的；用笔虽然总是起行收，中锋侧锋不变，但因为每个人都是不同的，即便方法相同，所出线条的力量感、立体感、节奏感都是不同的，所以才能呈现千姿百态的个性面目。我们说一个书画家的风格，那也只是大体的，整体粗犷的，偶尔也能婉转；基本都是花鸟人物，偶尔也见山水。题材不是艺术特色，艺术特色是一个人自带的气息，就像歌声里的音色、文章里的思想。潘庆五先生的字与画都是传统的，讲究笔墨，功力扎实，有脉可寻，少有狂怪之笔；但他的字与画又是现代的，个人的，独特的。在南陵，在芜湖，甚至在中国，没有谁能完全重叠他，因为他的作品有他自带的气息。什么气息？我也没法告诉你，那可能是千年弋江古镇小摊上摆的一只竹匾，也可能是大工山新出土的一樽无字铜鼎，你路过时可能忽略它，但你凝视后，就可能喜欢他尊重他。他不是长虹落日，高标之景，他是艺术之林的一棵树，没有长在山顶，长在山脚下，但这棵树的高度足以够得着阳光，所以它一样茁壮。

我很庆幸自己回到故乡遇见了这棵树，并坐在树荫下与树有一番暗自激动的交流。我想，一个书画家，如果字画里没有自己，他为什么要写要画？而如果字画里只有自己，那他为什么要写要画？我在潘庆五先生的书画中，看到了他对艺术的理解与奉献，看到了他的笔墨与时代共舞，感受到他的作品共性与个性的融合之美。

他让古老的繁昌窑“浴火重生”

芜湖繁昌，在瓷器烧制史上有着重要地位。古繁昌窑遗址分布多处，主要有柯家冲窑、骆冲窑、姚冲窑和半边街窑等。其中，以位于南郊的柯家冲窑址面积最大，虽然烧造的是民间日常生活用器，但器物造型工整，胎质洁白细腻，釉色白中泛青，釉面光洁莹润，达到了较高水平，是我国最早烧制青白瓷的窑址之一。繁昌古窑器物近年来成了古董收藏者珍爱的藏品，有藏家对此情有独钟，并有过专场展示。繁昌窑烧出的青白瓷是对天然瓷土材料人为控制含铁量后生产出的一个新品种。正是由于有了它，明清两代才会生产出斑斓绚丽的彩绘瓷。1995年，全国古陶瓷学术年会在繁昌召开，当地出土的青白瓷被予以极高的评价，并将其命名为“繁昌窑”。2001年5月，繁昌窑被国务院确定为全国重点文物保护单位。时光流转到2010年，有一位“北漂”杨国民先生，偶尔知道家乡曾有如此著名的古瓷窑，不禁心旌神摇，决定放下北京蓬勃发展的事业，回家乡复兴繁昌窑，让那些消失的精美瓷器“浴火重生”。

艰辛的“北漂”历程

杨国民出生在繁昌三山漳河岸边高岗埠，是个地道的乡村娃，读完初中就进了城，经人介绍在芜湖一家勘测院做助理员，就是扛扛工具什么的，但他天资聪颖，过不多久就能独立完成测量记录之类的工作了。本来继续待下去，渺茫中也有机会，但在杨国民心中，这只是通往城市的一种过渡，他早有闯荡大城市的冲动。时间来到1990年，杨国民毅然决然放下手中一大堆勘测工具，坐上去往北京的绿皮火车，那一年他十八岁。

楼高车快的北京城令他既惊奇又惶然。在北京西城区，他租了个落脚的地方，虽有乡友指引，初来乍到，他依旧十分迷茫。没什么文化的他，虽然人帅机灵，找工作还是受到诸多局限，只能做些零工，收入不稳定。渐渐他发现卖菜是个不错的营生，虽然辛苦点，但是收入不错，便开始了卖菜生涯。杨国民坦言，卖菜就是挣个辛苦钱，每天一大早要进菜市场，活儿又苦又累，好在收入相对来说还不错，也算稳定，这成了他坚持的动力。杨国民不太愿意讲卖菜的辛酸，但我们知道这种营生的艰辛。有一个老乡跟我讲早年在都市卖菜，他的邻摊是个妇人，天麻麻亮从对河过渡来，挑了三担菜来卖。卖得快的是花菜，其次是萝卜，偶尔会剩几棵大白菜，这时她就开始数票子，数完特别踏实地揣进兜里。又过去几年，买菜的人不带零钱了，老妇人也叫闺女做了个扫码付钱的牌子。别人一扫码就把菜拎走了，她总是不踏实。好在杨国民当年是一手交钱一手交菜的，我与他打趣，说白领的日子是早晨进大院，晚上进家园；卖菜人的日子是天不亮进菜市场，天黑了进出租房。他笑呵呵地说，卖菜也有卖菜的收获，不只是挣银子嘛。原来他在这个西城区菜市场认识了同样“北漂”来的故乡妹子，这个美丽善良的姑娘让他一见倾心，后来成了他生命中最重要的人。从卖菜到卖小百货，再到批发挂历台历，开红木家具店……什么能挣钱杨国民就干什么，反正有青春与爱情做伴，他动力十足，不知疲倦。一晃十年过去了，到了2000年，杨国民接触到茶具，他们的事业由此翻开新篇章。那个时期他结识了福建、江西、广东的许多陶瓷业的老板，开始与陶瓷打交道。一番考察后，他开始销售茶具，在这片天地里杨国民进一步展现了他的经商才华。这期间，他别出心裁地创立了自己的品牌“有口皆杯”，所有他卖出的茶具上都打上了“有口皆杯”字样。虽为贴牌，但声名远播，直到现在，“有口皆杯”依旧在北京茶具市场占有一席之地。

刹那点燃的爱情

让我来说说杨国民的夫人胡小妹。一路走来，胡小妹与杨国民紧紧相随，像他的左膀右臂一般不可或缺。胡小妹出生在芜湖火龙岗镇，当年她同样怀着理想去北京寻找生活出路时也只有十几岁。1992年的某天她去西城区菜市场买菜，顺带送一张身份证给一个叫杨国民的男人，这是来北京时她的姑妈让她捎带的。在那个吵闹杂乱的菜市场，她的出现像一只孔雀落在杨国民的身边，这个热血青年陡然间心跳加速，平时伶俐的口齿也变得笨拙起来……

北京毕竟是大城市，文化水平不高的胡小妹在这里谋生同样机会茫然，加之年少，双亲心疼她，劝她返乡，或可去家乡乡镇企业弄份差事，毕竟是个小姑娘，没必要离井背乡那么拼。杨国民听说她要回乡，急坏了，那段日子，除了卖菜，心思全在她身上。命运让这只孔雀飞来了，岂能又让她飞走？本来那天是有人送胡小妹的，杨国民立马自告奋勇坚决要亲自送她去车站。一路上，他搜肠刮肚找话挽留她，买票时又装模作样地在车站窗口转了一圈，告诉胡小妹说：“回吧，今天的票已售完了！”那一刻，胡小妹虽然单纯，但似乎也有点明白眼前这个小伙子的心思。他那真切挽留的眼神，让她心动了。如果说爱情的萌生需要机缘，那她此前“误入”菜市场送身份证，而今回程“无票”，就是绝好的机缘。冥冥之中是天意，杨国民把胡小妹永远留在了自己身边。生意之外，我们看到杨国民的另一种生活聪慧。倘若他当初真傻乎乎地帮胡小妹买了张回老家的车票，说不定从此人海茫茫，二人再无交集。

胡小妹除了美，也是好学的。在长期接触陶瓷的过程中，她对紫砂器产生了莫可名状的欢喜。2005年，她下决心去宜兴拜师学艺，她觉得紫砂壶有着与瓷、玻璃等茶具不同的格调，更富有安然沉静、散淡闲适的气息。曾经有人说，紫砂壶的制作过程，是一把壶与一个灵魂触碰的过程。胡小妹在宜兴跟随张洁、徐安碧两位导师学习制作紫砂壶的过程中，有了真切的体验。

古往今来，文人雅士要么喜欢喝茶，要么喜欢饮酒，而她与杨国民所做的正是为茶与酒提供可心的容器。紫砂壶嘴小、盖严，壶的内壁较粗糙，能有效地防止香气过早散失。长久使用的紫砂茶壶，内壁挂上一层棕红色茶锈，冲泡茶叶后茶汤愈加醇郁芳馨。长期使用的紫砂茶壶，即使不放茶，只倒入开水，仍茶香诱人，这是一般茶具所做不到的。紫砂壶里外都不施釉，保持微小的气孔，透气性能好，但又不透水，这也是一般茶壶所不能比拟的。它能保持茶叶中芳香油遇热挥发而形成馨香，提高茶汤的晚期酸度，起到收敛和杀菌作用，故能延缓茶水的霉败变馊。所谓“盛暑越宿不馊”，道理就在这里。在宜兴，那些制壶人将自身的理念与感悟投注于设计和制壶的过程中，从炼泥开始，便注定了每一把壶的独特个性。对于同一款式，不同的制壶者会表达、传递出不同的理解和领悟。那些年，胡小妹对制作紫砂壶几近痴迷，加之心灵手巧，她制作的花壶很快受到顾客的青睐。我在杨国民家的陈列室见识过几款胡小妹的精美之作，雅致清新。

“浴火重生”的繁昌窑

壮士十年磨一剑。十几年来，杨国民在北京立起来也强起来了，在常人的眼中，已立业成家的他应该满足了。但不知为什么，杨国民时常会想起家乡的那条漳河，想起洒下童年欢笑与泪痕的小村庄——高岗埠。或许人在物质生活得以满足之后还是渴望在一定背景下生活的。杨国民喜欢这样的背景：有河流，有村庄，有广阔的田野与丰茂的庄稼。特别是他偶然得知家乡繁昌曾有过那么辉煌历史的瓷器时代，他更是萌生出要复活再现古时的繁昌窑的念头，甚至在他的梦境里都出现过能够烧制出精美瓷器的一座座窑口，他渴望改变生活的布景与舞台。2010年之后，他多次回到故乡，希望能在家乡找到圆梦的舞台。当历史指针指向2012年时，杨国民终于在当地政府的感召下，回到故乡繁昌，在开发区陆续投资2000多万元创办了芜湖晟豪实业有限公司。繁昌是中国青白瓷的发源地，从落地故土的那一刻起，他便坚定地要走进故乡的历史文化深处，开始钩沉索隐、披沙沥金的地域文化发掘，他心心念念要将湮没已久的繁昌窑器以崭新的面目呈现。为此，杨国民组建了繁昌窑陶瓷科技研究所，并担任所长，主要研究、开发、生产繁昌窑陶瓷，力争重现繁昌窑陶瓷的荣光。

其实杨国民的回乡之路一波三折，不是初期建厂拿地的周折，也不是搜罗人才组建繁昌窑专业团队的不易，而是内部生了分歧。一直与他同心同德、征战东西的夫人胡小妹不愿“夫唱妇随”离开京城。

那时他们在北京的生意正火，上游生产，下游销售，路路畅通。夫妻二人拥有广泛的商业人脉，可谓驾轻就熟，比起当年在西城区菜市场打拼生活，眼下可谓春风得意、财源广进，怎么可以抛弃这些，回偏僻的家乡另起炉灶呀？为了阻止丈夫回乡，她用尽了各种办法。这可真难坏了杨国民。一头是生有一双儿女同甘共苦二十载的爱妻，一头是自己复兴繁昌窑大业的梦想。舍哪头都要他的命呀！为了安抚妻子的情绪，他只能暂时搁置，不提回乡的事。可他常常夜不能寐，做不成事，一坐在那里就发呆，人也瘦了。这一切岂能逃过胡小妹的眼睛？说真心话，她开始心疼自己的男人了。她决定跟他回老家考察一下，看看到底他想做什么，怎么做，有没有实质性投入。

跟杨国民到了繁昌才知道，他已经选好厂址，甚至签了约，打了部分围墙，交下定金，算下来已投入近两百万，看来他真是铁了心要做了。胡小妹犯难了，如果继续逼丈夫放弃，损失钱事小，万一憋坏他怎么办？眼下他不争不吵，不代表他内心妥协，只是怕她横生祸端罢了。胡小妹清楚杨国民是深爱她的，只是眼下不得已而将此事搁置下来。她知道丈夫做事的风格，要么不行动，一旦行动就难回头。返乡路上能说会道的杨国民向她描绘了繁昌窑未来发展的美好蓝图，也倾诉了自己对故乡这片土地的深情。其言之诚，其情之切，她也为之动容。如今事已至此，胡小妹决定不再执拗，放手让自己的男人去奔赴他的梦想。爱终于战胜分歧，这对恩爱夫妻再一次携手共创新的未来。

有了妻子的支持，杨国民欣喜若狂，策马扬鞭。厂房垒起来，专家艺术家请进来，机器设备安装起来。接下来原料运来，开始拉坯、修坯、素烧、上釉、绘画、烧窑。经过多次尝试，奇迹出现了，崭新的繁昌窑新品诞生了！如今这些利用高科技手段烧制的瓷器，比之从前的青白瓷还要精美许多，而且每次起窑，都会出现几个“窑宝”，那种窑变之美，简直无言形容，或如孔雀羽，或似凤凰尾，亦真亦幻，色之斑斓，非画笔能摹。这让杨国民兴奋不已！陶瓷是一种与历史、大地接气的创造性活动，与书画、雕塑有异曲同工之妙。如今坐在茶室，把玩“窑宝”，成了杨国民的人生至乐。有朋自远方来，他必要亮宝示人。眼下他正谋划将自己的窑厂迁到离古繁昌窑窑口更近的地方，这样既能接古源之气，又能沐浴新时代的文旅之光。

一个地域的文化精神，是由这块土地上的人的精神信仰、道德情操以及生动的奋斗实践凝聚起来的。我们期待着杨国民与他的妻子在新时代的故乡大地上，续写出关于繁昌窑的新传奇。

挣脱传统出新意
删繁就简格局奇
——赏著名画家王彪的画

庚子开年，人们为疫情所困，举国动员，奋起抗争。白衣天使逆行出征，艺术家也用自己的方式投身其中。市美协原主席王彪创作了《曙光》等多幅优秀水彩画作品，在同类作品中闪耀异彩，并入选全国抗疫微画展。作为他几十年的朋友，王彪各种形式的画作我见得很多，本文着重谈谈他的水彩画与水墨画。

迷离的水彩

水彩画，作为介于油画与水墨之间的画种，其独特的美别具风情，以轻盈、饱满和充满光感的画面取胜。散淡中带有抒情的诗性，而又不乏造物的质地。

近年来王彪的主流作品基本包括两种面貌：一为偏彩墨效果的水彩肖像写生，一为偏水墨效果的群像创作。美术评论家龙昭阳女士曾说，王彪肖像写生的对象大多为维吾尔族男性，画面整饬单纯，笼罩在迷离散淡的光感之中，遥远而又缄默。这种典型的肖像式创作虽然在客观上非常准确地把握了对象的形象感，但内在所传达出来的精神气质却与作者的美学追求不无关系。我非常赞同这种观点，论人物造型能力，王彪无疑是出类拔萃的，但王彪无意于“传神写照”的相似，而是通过特定的对象表现此情此景、此形此态时的氛围和感受。就如书法中“既能平正，务追险绝”一样，他要表达肖像本身以外的东西。

王彪是具备一些诗人气质的，这一点在他参加乒乓球比赛时就有体现。那一场球，如果他发挥得酣畅淋漓，一定会出现特别精彩和富有想象力的好球，并伴有略显夸张的潇洒球姿。作画时他也特别爱讲情调，有时点上香，开启轻音乐，未着墨色先有情。他多次去新疆采风。我见过他创作的新疆系列《花儿为什么这样红》。他说塔吉克土地最让他难忘，干巴巴的土地上突然出现的鲜艳女子让人颤抖！那些天真洁白的孩子！那些马背上充满野性的汉子！每次踏上那片土地，都让人贪婪地想亲近每一寸土地，每一个村庄，每一头拉车的牲口和赶车的老人…… 那个中午，我俩并排坐着，地板上铺的全是他的画。听着他忘我的倾诉，我也被深深打动。王彪画作中的新疆人物被赋予了一种略带忧郁与自省的文学性，颇具象征意味。对于每一位有笔力的画家来说，其实写实的准确性并非难事。在乒乓球馆，王彪可以用几十秒勾画一幅球友的肖像速写，生动而传神，这只是一个技术层面的问题，重要的是在写实性之外怎样赋予画面以精神与气质，将自我融入其中，虚实之间，若即若离，在自我与表达的特定对象之间达成一种默契，这才是王彪的高妙之处。

在北疆写生时，王彪曾与我国著名水彩画大师柳新生先生不期而遇，两位画家当时激动地拥抱在一起，各自为在这里发现的美激赏不已、感叹唏嘘。他们屈膝而坐，谈这里的风情，谈这里的见闻，谈高原的湖泊与天上的白云，当然也谈这里曼妙难言的北疆美人。王彪说，柳先生是第15次来新疆了。是呀，王彪不也是去了又去吗？就像当年芜湖的另一位画家应天齐整个人沉浸到西递一样。几乎每一个热爱生活、热爱艺术的画家，都会热爱特定的自然。谁能读懂陈丹青的画，谁就会向往西藏；谁若欣赏陈逸飞，谁就必然懂得江南的周庄。王彪说，他也要让别人看到《花儿为什么这样红》这组画后，有提起行囊去新疆的冲动。那壮美雄奇的山川，那神奇多变的地貌，那浩瀚无际的沙漠，那蛮荒无助的苍茫，那无垠的绿，那灼人的热，那仿佛人间瑶池的高原湖……都留在画家王彪的心中，让他欲罢不能。有最初的兴奋、陌生、苦涩、混沌，有后来的回味、牵挂、思念。我想王彪已然领悟，省略了人物对象所处环境的渲染，将背景处理成明亮而又迷离的灰调，人物的塑造也仅止于脸和手部，身躯已融入背景之中，所以人的神态似乎是浮现出来的，从岁月深处走来，有着无可名状的沧桑感，而这也正是他水彩肖像的动人之处，传达了一种令人陶醉的美学意味。类似的组画，还有他略早些创作的《不尽柠檬黄》系列，只是轻松浪漫的都市意味更浓，这里不再重述。

简约的水墨

王彪的肖像式创作呈现出一种抒情的风格，画面轻淡氤氲，烟雾缥缈中似乎瞥见了生命的流年；而他近年以《收工》系列为代表的群像创作却展现了生命的另一种质地：坚实而果敢。特别是他不泥古法，简约大胆的创作手法令人激情万丈，浮想联翩。

艺术不是单纯地归类于行业技艺，而是艺术家们将亲身体会、经验的情感作出完美阐述的过程，若作者的社会阅历不深，观察不够，一切都会是徒劳。

王彪摆脱了传统樊篱的束缚，创造性地采用“新水彩画主义”的概念来完成《收工》的创作，他舍弃了色彩，以水墨元素让人物画面从复杂走向单一，并以肌体语言来主导画面。这些都是作品《收工》最鲜明的特点。

评论家龙昭阳女士曾说，《收工》系列作品颠覆了她之前对于水彩画的一贯感受。这批作品如果不标注 “水彩”，在视觉上带来的更多的是水墨画的感受。在此，王彪展示了扎实的造型能力，人物处于很生活化的动态之中，彼此呼应，灰调成为统一画面、柔和黑白的手段。人物的塑造较单幅水彩肖像更结实，更具有力量。画面里工地横陈的机器在缭乱中显得冷峻，整体上因为黑白灰层次非常自然的处理与过渡而显示了暮色笼罩下的些微光感。黑与白脱离了中国画中的笔墨关系与美学趣味，成为造型与营构画面的手段，掷地有声，画面锋棱毕现，以纯粹的黑白切入生活，更为本质与直接。

艺术永远都是记录社会的一面镜子，也是透露人性的影子，所以说作品的真正生命在于作者对事物要有很强的剖视力。《收工》题材内容源于生活实景，作者以船厂为创作背景，以工人为入画对象，通过不同的场景给画中人物予以变形、夸张处理，运用调控光暗度的手法从不同的角度来表述船厂工人在下班前一刻的心境。其实，在当下的艺术创作中，画家已经不再局限于某种材料和语言，王彪执着于水彩这一方天地，在尽可能地拓宽水彩画的可能性，必要时他果断放弃色彩。这就是王彪通过“画有法，画无定法”技巧，让人们转换了视角，从而对绘画有了更高层次的追求。《收工》作品系列富有很强的艺术性、思想性和社会性。它能在全国美展中斩获大奖，充分说明美术界对于王彪大胆探索创新的认可。换言之，这一切也足以说明其成熟的创作思路和独树一帜的创作技巧已被大众所接受。

我常常观看王彪作画。画中国画时，他常用毛刷替代毛笔，大块水墨一瞬间淋漓尽致铺陈纸面，令人称奇；在他全国美展获奖作品《炸鬼子去》中，一号人物居然没有脸，谁敢这样画，他敢！主要人物只有帽子与身体悬空对接，那样的战争岁月，有多少烽火中倒下的英雄，来不及让人们看清他们的脸。他的取舍是别具一格的，让你惊讶的同时也让你沉思。他常说，一个人物画家仅有造型能力是不够的，要画出人物的生存状态和灵魂，要让人看到他们过目不忘。

除了创作大幅水彩作品参展，日常里，画家王彪在宣纸上创作了大量水墨画。比如前些日子有一本集子，描绘帕米尔高原的，与他以前的作品集有很大的不同。这种不同体现在以下几个方面：一是单一的题材，表现的对象是那片特定的土地帕米尔高原，特定的民族塔吉克民族，画面展现的是独特的民族风情，不仅是人物，画面中一匹长毛骆驼微闭双眼，都能让人感到它正独饮内心风霜。他的画呈现了一个民族特有的内涵。二是全部是中国画，或黑白水墨，或点缀点色彩，都是画在宣纸上，这是他从水彩画家向中国画画家一次成功“转型”。当然正因为他画了这么多年水彩，他的国画中用水更为灵动，着彩更为无拘无束。三是形式统一，均为先期装裱好的扇面，集在一起，格外整饬典雅。当然固定装裱的纸质某种程度也限制了画家的自由。因此这部作品集对王彪先生来说，具有不可替代的意义。如果说一定要将一个艺术家的作品划分为武器和玉器的话，王彪的《收工》《炸鬼子去》还有最近创作的抗击疫情的画作归为武器，而这本描绘帕米尔高原的速写集则无疑是玉器，晶莹美丽。

在他创作的水墨中，还有一个题材常常出现，那就是《怀素与公孙大娘》系列。唐代书法家怀素以狂草著名，与张旭齐名同被称为“草圣”。其草书笔法劲瘦、飞动自然、随手万变。公孙大娘是开元时期有名的舞蹈家，曾被称为宫廷第一舞美人。怀素看了公孙的剑器舞后大受启发，由此他的狂草在书形分布、笔势往覆中增强了高昂回翔之态，在整体上也加强轻重曲折、顺逆顿挫的节奏感，这进一步促使他名声大噪。在王彪的画笔下，这段传奇又动人的故事便以他独有的方式不断被演绎，反复之间又能推陈出新。

总之，王彪所创作的作品均是对中国画、水彩画民族化的探索，运用中国画的写意精神、油画造型语言，结合画面人物的特点，一改水彩画以丰富的色彩表现形体的方式，既保留了西洋水彩画优秀经典作品的特点，又融进中国水墨画的写意、诗歌的韵味、书法的气势、散文的意境等特色，其中大量黑色的线条以及大面积的水墨渲染，烘托了画面中随类赋彩的黄色调，使画面坚实而厚重，提升了作品的审美意味。

画家的日常

王彪曾是芜湖最年轻的中国美术家协会会员，也是刚刚离职的市美协主席。在一些画廊老板眼中，王彪是当代颇具学术价值与市场潜力的实力派画家，作品多次赴美国、法国、比利时、新加坡、韩国、德国等展出，并被收藏。

王彪自幼生活在地区文工团大院，自小接触戏剧、歌剧，受父亲影响热爱上绘画。他的父亲王大仁是全国著名的水彩画大家，生前也是安徽水彩画掌门人。王彪有一个幸福的家庭，他的作品中时常有亲人的影子，但他着墨更多的依旧是那些普通的劳动者。无论是深井之下的矿工，还是落日苍茫中的藏民，抑或异域街头的艺人，都能入他笔端，他的画具有很强的平民性。我常常能于他的画中感受到一种文字抵达不到的地方。难怪作家贾平凹没学过绘画，却常常去画画。贾平凹说，一个人言之不尽则歌，歌之不尽则舞，舞之不尽则写，写之不尽只能画了。的确，在王彪先生的画中，可以看到他把某种感悟拐着弯儿表达出来。

王彪还是我多年的球友，尽管他曾是市美协主席，在芜湖乒坛的名气丝毫不亚于他的画名。当年我出版第一部散文集时，书中几十幅插图都由他精心绘制，后来那本书能获文学奖，我一直觉得王彪功不可没，是那些图与文字作为一个整体打动了评委的心。这些年来，令人惊讶的是，他的创作热情一直饱满如涌泉。他的《平凡的一天》《花儿为什么这样红》《炸鬼子去》《三月水乡》分别入选文化部、总政治部、中国美术家协会主办的美术展，《收工》系列作品构图别出心裁，体势单纯而庞大，曾入选国家艺术基金美术创作项目，并入选中国美协主办的年度展。

去球馆时，王彪又给我带来一本新速写，还是新疆风情，那些灵动的人物线条令人心醉。他激动地告诉我，以后还会去那里，一直要去那里。是不是每个艺术家都会遇见这样一块精神的圣土？我猜想再次去，他一定会遇到那些熟悉的老人与孩子，遇到那些风格别样的美丽女人，那些银质的笑声，风铃一样！如果王彪忘记了什么，她们一定会让他再次想起……

当我坐这里写这篇文字时，看到微信圈里话题：疫情之后你最想去哪里？我在想，疫情过后，王彪可能又一次踏上通往新疆的旅程，他永远拥有一颗驿动的心。在安徽画坛，他是独特的。从水彩到水墨，从色彩到工具，他都是独特的。

打球间隙他跟我也常聊画。他认为笔墨当随时代，社会进步，经济发展，人们对于文化的需求越来越高，越来越呼唤有时代精神的高品位创新作品。对此，王彪以他独到的学术理念和对艺术创新的探索，取融水彩元素，开拓国画人物新境，开拓自己的艺术新境。他的人物不求形式，只求神韵，寥寥几笔就能把画面人物的体态表达得生动恰当，并致力于探索如何用更加多元的艺术语言来表达自己的艺术构想。

我上班的地方，就在王彪家对面。他的画室也在那里，是一个私家美术馆。我很享受坐在里面与他聊天喝茶。当年我曾经采访过他的父亲还有他的母亲，几十年过去了，一切都成往事，老人们走了，我们的青春也已远去。但几十年来王彪沿着老父亲的路还在奔跑不息，我与他们家的笔墨因缘也在延续。我喜欢王彪的画，也喜欢王彪本人，他创造的美，我虽不能至，心向往之。我想用我笨拙的笔表达我对绘画的敬意，当然也有我与他之间的友谊……

绘画就是他的生活

在芜湖的画家中，杨大全是非常独特的一个人。说他独特，一是因为他艺术上的独树一帜；另一个是因为疾病在他身上留下痕迹，他无法正常行走。偶然在杂志上看到他的美术作品和文学作品后，我在心里就有了一种想走近他的愿望。那是一种源于艺术与个性的吸引，只是我不愿随便打破人与人之间的自然状态，一直隔着距离关注他。促使我走访他的是当时全国画展他获奖的一幅水彩画——《玛曲三月》。这幅画真的打动了我。

我其实并不明白为什么叫“玛曲三月”，画面上是一个年轻健硕的女人，将生命力全部透露在别致的侧影里。她独立在原野上，天和地都有些风，有些苍茫的光色。虽是水彩画，可用的是写意的手法，那种奔放的姿态让我想到草书的模样。我喜欢这种强有力的造型能力和笔墨不经意间显示的艺术特质，具象画法中的抽象意味留给人怀想的空间。《玛曲三月》先是获全国第十届美展优秀作品奖，后又获安徽省政府颁发的安徽省社会科学奖，我想它打动的肯定不止一个两个人的心。走进杨大全先生的画室，我看到许多不同造型的人物画，都叫《玛曲三月》，都有那种一脉相承的野性抒情。我这才知道"玛曲三月"只是一个艺术符号，是一个盛果实的"筐子"。

无论在《玛曲三月》里，还是在杨大全先生别的作品里，都体现了杨先生绘画的技术和技巧，这些当然重要，因为它们是用以承载情愫与智慧的工具。然而任何作品，如果说没有深沉的感情或智慧，而只是技法的表演，那只能夺人眼目，不能夺人心魄。绘画或文学作品，都需要有心灵的东西，它取决于画家的专家素养、思想品格、人生经历，以及思想自由的客观条件。过度的技巧是雕琢，会失去艺术可贵的本真。杨大全先生在他的《探寻油画创作语境》一文中写道："有经验的国画家讲究作画顺其自然，不求全责备，不计较是否完整，画得差不多就搁笔了，其中道合自然的妙处，可意会不可言传……往往看一幅好的油画原作时，细细看去，就会发现画面上有时最灵动的部分，常常保留着一些原始的作画痕迹，有时甚至隐现出布底上木炭条画的轮廓线，但却是十分灵动、妥帖，完全和油画的整体色调与画面效果相融合，这正体现了顺其自然的精神。"在杨先生的作品中，我常常能够看到自然本真的模样，也许这与他早年的生活息息相关。

杨大全出生书香门第，父亲曾接受过一流的高等美术教育，傅抱石、陈之佛、吴作人等大家曾是他父亲的导师。杨大全从小受父亲熏陶爱上作画，可就在他一心要报考浙江美院附中时，"文革"开始了，他中断了学业，下放到南陵县东河乡，在农村生活了将近六个年头。其间他没有放弃对美术与文学的追求。他常常于晨昏之际一边看红花草田，一边写生，画那些草屋，那些水塘，那些在土地上劳作的农夫，那些栖息在水牛背上的八哥……他曾悉心留意自然间的生物和景物，留意它们的梦迹和生命的悸动。晚上小草房里的油灯只要有油，他就快乐而贪婪地读着画着。

画得多了，杨大全便开始向当时省里惟一的画刊《安徽红小兵画报》投稿。被著名的儿童画家陈永镇先生发现后，他常给出版社画人物插图。日复一日，他对人物的造型与构图了然于心。看画展，结交美术界人物，生活渐渐将序幕拉开，在艺术的道路上他拾级而上。他的作品开始在安徽的土地上遍地开花。但真正让杨大全对绘画艺术迅速深入的，还是在读了安师大艺术系美术专业后。他学的是油画，当时师大美术专业并不太受大环境影响，名师张自申、吴梁栋引导着他一路前行。欣赏画家周祖铭的油画《上甘岭之战》以及陈丹青画西藏的油画作品，他突然有了新的顿悟，明白了什么是绘画中的大创作，艺术的冲击与他那久远的儿时感受对接，他开始对绘画艺术有了一种更高层次的理解与审视。毕业后，他又重返南陵，这一去就是二十余年。杨大全觉得，在哪里工作并不重要，只要能够画画就足够了。此间他创作了大量的作品，1979—1994年，他的绘画作品参加省美展二十余次，三次入选全国美展。

可就在杨大全的人生蒸蒸日上之际，病魔却盯上了他，病原体侵入腰椎，让他数年瘫痪在床，这会叫任何一个铁汉失去生活的锐气。但杨大全挺下来了，而且可称得上是蚌病成珠，像《高原 母亲》《云烟舒卷的日子》《玛曲三月》等代表作，都是他病后所作。病魔让杨大全不再英俊挺拔，但却使他的精神得到一次涅槃。他非常警醒，必须严密提防心力的耗散、精神的飘忽，努力探索寻找一种有意味的形式，赋予作品一种恒久的生命力。我觉得他做到了，而且坚信他会做得更好。2016年杨先生已去成都定居，还是如从前一样，因为身体原因，多半宅在家中，读书、作画依旧是他的日常状态和生活方式。其间，他参加了2017年“东方意蕴”栏目中国著名画家展，此展邀请全国当代有代表性的油画家（老、中、青三代）参加。在此次画展感言中，杨大全先生表示：画画就是表现自己。要画自己感兴趣的画，不累。画趣，一如人之趣。一个人平素的言谈，举手投足，行止间所流露的况味，若能感染他人，产生“磁场效应”，便可谓有趣之人，画趣亦然。同样，画者画品所具的美学取向和表现力之影响，能得同道的认可与受众的悦赏，即为不失画趣所在。

画之技法源于表现，尤其是抽象性绘画，技法是因画的需要应运而生，且更新不断，反之则无趣。画风的形成是自然的，是由画家的秉性、情感、知识架构、阅历、环境影响等诸多因素融合而成，一样是没有“拿来主义”的“现成货”。纵使学得旁人一鳞半爪的“风格”，但终究仍归于无趣。画不可无趣。我以为，画家的艺术生涯中，画风多有变化，是当称道的。只有如此，艺术生命之树才会长青。

在行走不便的日子，杨大全先生坚持创作，有数幅作品刊发在《中国油画》上。熟悉他的朋友都说，疾病只能限制他更多地去大自然中写生，但却无法禁锢他对绘画的一往情深，无法夺去他那支充满野性抒情的画笔。

汪东：此生最爱是书画

如果说写写画画只是一个人的闲情，那么在芜湖的书画家中，汪东先生是把这份闲情当作人生的追求的人。多少年来，他摒弃了所有的爱好，总是每天上午8点走进书画室，12点才离开。一幅字，常常要写一整刀宣纸，可谓“为求一字，废纸三千”。他对艺术的执着，同仁有目共睹。他说：“学了这行，就要留点东西。这几十年的心血不能白费，要做的事情太多，我实在舍不得浪费一点点时间。”

天道酬勤，汪东先生的努力终于结出一串串丰硕的果实：在中国书画报社举办的全国“鸡年画鸡”首届中国画金鸡奖中荣获优秀奖；安徽美术出版社出版了《汪东画集》；被聘为江苏省国画院特聘书法家；在《中国花鸟画》杂志刊出组画；作品入选塘沽第一届全国版画邀请展；获得江苏省政府颁发的林散之奖；等等。但他从来没有满足过，他总是把自己关在他的画室博采堂中。他创作的画作，裱好的和没有裱好的堆满了他的博采堂。他说自己一天不写不画就难受，他离不了画笔，他的笔是手指的延伸，他的墨是思想的痕迹。他爱书画到了痴的程度。有时半夜起来上洗手间，他都要跑到画室里看一会自己新创作的书画，然后再去卫生间。

说到为什么会爱上书画这一行，汪东说，这好像是与生俱来的。几乎会握笔时，他就喜欢在纸上涂鸦。儿时家境贫寒，他从来没有一支画笔，从来没有一本画谱。直到13岁那年，母亲看儿子这样醉心书画，就悄悄去当铺当了她惟一像样一点的羊皮背心，给他买回那本朝思暮想的《齐白石的故事》，当时那本书的定价是13元，而母亲的那件羊皮背心刚好是这个数。这本书深深地影响了汪东后来的人生选择。14岁从学篆刻开始，他一路师从童雪鸿、柳文田两位大师。从最初的篆刻到书法，到花鸟，到人物，再到近年醉心的山水，他总是不断地超越自我。亲近自然、看画展、寻师访友、揣摩碑帖画册、钻研书画理论，他尽一切手段来提高自己的艺术品位。每涉入一种题材，他总是从最基本的东西开始习练，丝毫不敢懈怠。一个五十多岁的人，对待艺术的态度虔诚得像一个小学生。他说："我没有其他方面的快乐，书画是我的最爱，可以说和生命一样重要，我这样并不为名为利，关键是书画能让我的心灵充满快乐。"

汪东先生几十年来勤奋不辍，孜孜不倦，书法入手晋唐汉魏，篆刻研习秦玺、汉印，国画艺术更是画路宽广，花鸟人物山水兼长，已形成返璞归真、自然和谐的艺术风格。汪东先生说，他最大的困惑是如何把握继承与创新的尺度，他带出的一些学生，有的在美术界的名气已经赶上甚至超过了他，要说一点困惑没有那是假话，但汪东先生认定这样一个道理，艺术是献给大众的，要让大众看得懂，欣赏得了，中国书画是国粹，博大精深，继承优秀的传统，是每一个从事书画艺术的人应有的情怀，但艺术同时需要创新，需要融入个性的特质，如何处理好继承与创新的关系，可以说一直是他寻求的一个突破点。他表示，他现在还在市书协主席、市美协副主席、市文联组联部主任的位置上，除了创作，他更多的是要为会员们服务，待退休以后，一定要专攻书画，艺海无边呀！说心里话，看到他对艺术追求的使命感，对生命的紧迫感，我不禁为之动容。在他的身上，我们看到了一个从事书画艺术者的良知，看到了一种精神。58岁虽然不算年轻，但对于一个执着追求艺术的书画家来说，正当年华，相信汪东先生一定会一步一个台阶，在他笔耕的博采堂，结出更为丰硕的艺术之果。

杨声的水墨天空

《闲散与凝定——杨声水墨人物画展》在芜湖书画院展出后，给寂静的芜湖画坛吹来一股清新的风。行家们纷纷评说，来自中央美院的杨声代表了当今学院派前沿的方向，他多样性的表现手法，直逼艺术本源，呈现给读者一个丰富而独特的水墨天空。展出的四十余幅作品，或反映当下都市情境，或追溯古代文士风流，可谓现代抒情与古典琴韵的交融。

杨声本是学油画出身，有着非常扎实的造型能力。早在二十年前，他的素描作品就在发行量很大的报纸副刊上发表，一些还被选入美术教材。但如今的杨声却摒弃了三度空间的模拟，加入了许多装饰与变形的因素，以大块的淋漓水墨寻求一种意象化的表达，其画面被拓展成一个富于诗意的多维空间，迷离与晃荡、具象与朦胧等纷繁的意象被他敏锐地捕捉并定格在同一个画面里。那些人物有些茫然，有些忧郁，有些浮躁不安，像失去方向在游走，但却温情而不乖戾，张扬而又妩媚，一个充满曲线的女人、一只花瓶、一本书、一只飘荡的水杯，在杨声的笔下都是水墨溅落在宣纸上的诗行，在散漫无羁中呈现出画家静定有序的悲悯与思绪。

美术评论家龙昭阳女士曾这样评说他："在人物造型与物象的摹写中，杨声较喜欢用方折的线条，而其画面又总是被分割成有机的块面，人物的动态则大多在行走之间，表情奇异而迷惘，有些清新而又颓废的情绪。用笔则纵横捭阖，甚至有些剑拔弩张之气，而少含蓄蕴藉，他作画的状态也似乎不是一般中国画家那样气定神闲，甚至气喘吁吁，全神贯注。在笔的游走之间，很少因循古法，只是挥笔直写，但在墨的气韵方面他却是颇为讲究的，所以他的画面虽富动感与张力，却不失清新与纯美。"

我想杨声的急切是因为他赤诚地关注当下都市人的生存状态，他始终与笔下的人物一同呼吸，他爱着他们，他们的伤感、无奈、迷茫、挣扎他都感同身受。他一个人从南方小镇辗转到大都市北京，我想在杨声的潜意识里，他一定有漂泊者的愁绪，有边缘者的感伤，这一切无疑会融进他的艺术血液里。尽管他现在已跻身京城上流艺术沙龙，屋宽车快，锦衣美食。

学油画出身的杨声，很自然地将一些西画的元素带到他的水墨画中，但从宏观上看，杨声依旧是东方的，东方的情怀，东方的视角；杨声的作品中虽然不乏《建安七子》《香山九老》《米癫拜石》之类的古代文人小品，但他真正关注的、着墨更多的还是与他朝夕相处的都市人，那里更容易看到画家意绪的流动与奔突，所以说，杨声是写实的、当代的、都市的；尽管杨声在绘画的表现手段上兼顾东西，呈现着多元化，但他却又是独特的、个性的，因为每一个画面无不荡漾着他强烈的自我情绪，无不以自己的生活认知和文化修养来解读画面语言。

有的艺术家与艺术品，注定不会走进所有的人群，欣赏杨声，需要有艺术与文化的积淀，他的画不“甜”也不“像”，不刻意，更不做作，任凭自然的心迹流露。但美术界正将更多的目光投向杨声与他的水墨天空。

淡泊名利 天真艺境

美术的种子播在童年心田

在艺术史上，有家学传承的当然不在少数，二王父子，东坡父子，米芾、米友仁，文徵明、文彭、文嘉，比比皆是，但更多的艺术人生却是由着一己心性，艺术的种子像蒲公英的种子那样随风飘入人的心田，并生根开花，结出累累硕果。丁汛就是这样一个画家，美术的种子是偶然落进他童年的心田的。

他的童年是伴着长江中下游一条蓄水量最大的河流——裕溪河度过的。那儿有个名字叫“裕溪口”，位于长江与通往巢湖运糟河交汇处，到处是河湖港汉。那儿有长长的绿柳浅草的江堤，水陆码头是通往省城的必经之地，处处一派繁华。

丁汛在裕溪口中心小学念书，宽阔的运动场时常被渔民织网和修补船帆占用。那些渔民织网时，孩子就放在身边，这些孩子眼巴巴地朝读书的教室张望，能看出他们令人心疼的渴望。丁汛的语文老师郑老师是上海人，她对渔民的孩子十分友好，常放孩子们进教室旁听。

美术老师顾老师是他的偶像，记得有一次上图画课，内容是画一个越南小朋友吹响冲锋号，美国佬吓得四脚朝天，可能是发挥超常，老师拿出他的画在全班表扬，未曾想这竟然在他心里播下对艺术追求的火种。

他所住的区政府宿舍，是带有很长走廊的红砖平房，邻里往来甚密。隔壁高年级学生画了一幅连环画中的岳飞挂帅，跨马佩剑，气吞河山，简直是威武至极，这让丁汛一见倾心，当时他就向人讨教，又借来连环画临摹。没想到他一出手就让所有邻居家的孩子折服，得意之余，他画得更投入了。

有一回裕溪口某领导来家中与他母亲谈工作，他正聚精会神地画小说《红岩》的封面，领导临走时发现了他的画，赞叹说："老周，你儿子很有艺术天分。"当时母亲随便回一句，他正事不做，闲事有余。此时此刻母亲并没意识到，这个经常一个人跑到工人文化宫偷窥画家作画的孩子将来会成为一个出色的画家。

历史的时针指向1966年，丁汛的学校到处贴了标语。进入初中，课程里还有学工、学农、学军，这一阶段他开始临摹红色连环画，时日一久，似乎懵懂中悟到些造型方法，定稿的速度越来越快。真正懂得绘画原理是高中毕业后。他带着心爱的画具，去了农村广阔天地。好在地点离市区近，就有更多的学习机会。有位业余美术工作者名叫李田，画画路过他们村，问："你们这里有画画好的下放学生吗？"有人将丁汛找来，交流中丁汛得知李田正在搞创作。李田邀丁汛去砖瓦厂宿舍看他的创作草图。大约十平方米极其破旧的红砖平房，一张书桌，墙上挂满草图，他用浓浓的芜湖方言告诉丁汎，这块对开绘图板是他用节省了几个月的饭菜票买来的，当时丁汎就对他产生一种敬畏之心，说，今后会常来讨教。李田对丁汎说，你要大量画速写，速写和素描是基础。八月的夜晚明月当空，两个艺术青年谈话兴致很浓，从俄罗斯列宾到当代芜湖顶尖画家柳文田。李田说自己是柳先生弟子，因为柳文田与人合作的人物画《一路幸福歌》已闻名安徽美术界，于是柳文田就成为丁汎心中的一个标杆。

知青生活除了劳动就是看小说和画画，画着画着，渐渐丁汎在整个公社小有名气，经常被大队部抽调去搞宣传，编辑“双抢战报”。他说，在农村只要有时间画画就会有幸福感。冬去春来，一天上午，他接到通知：去褐南小学任教！这意味着他再也不用在田间劳作了，更重要的是他可以有更多时间和精力画素描了。

1974年早春，丁汎姐姐来信说，郎溪县文化馆正在举办美术创作学习班。于是第二天他就向校长请假，随后赶到郎溪县，姐姐带着他从住处水鸣桥坐班车一路颠簸进入县城。

参加美术创作学习班，这一直是丁汎内心向往的事，如今得偿所愿，激动和喜悦的心情无以言表。恰巧文化馆邓老师也是芜湖人。邓老师给他安排了二楼的一块空床，白天可以当桌子用。分发材料后，邓老师传达了芜湖美协的指示，要求学员配合“全国美展年画年”统一要求，用年画的形式创作作品。班上有高手，有些老知青挺牛的，用笔老道，作画时叼着香烟，唱着李双江成的名曲《回延安》，一副大师的模样。在他们面前，初出茅庐的丁汎自然显得有些稚嫩。

走进艺术殿堂

美术创作学习班让丁汎学到很多东西，懂得了造型与基本功的重要性，明白了色彩有冷暖变化，更重要的是让他在艺术上明确了追求的方向。同时，他也预感中国文化艺术的春天即将来临。

回到任职的小学后，他开始准备报考安徽师范大学艺术系。这是他艺术人生的一个重要决定。经过一番努力，天资聪颖的他于1975年以优秀的成绩被安师大艺术系录取，终于见到仰慕已久的大师们。素描课完成后开始分专业，他选择了国画专业。

他的人物画课恽振霖老师告诫同学们，首先要着重线描练习，首推明朝陈小莲的作品临摹。恽老师非常推崇浙派人物画，并在课堂上示范人物肖像。至此丁汎才真正在艺术上登堂入室，接受了学院派的创作方法，严谨而有法度。

他的山水画课王石岑老师示范最勤，每节课都做示范，从山石杂树到山岭山峰，及至云水、亭台、楼阁，点景渔樵耕读，系统地将山水画技法毫无保留地教给学子。王石岑老师带领学生登临黄山天都峰，夜宿文殊院，一路上和得意弟子丁汎畅叙中国山水画史，正是在那里丁汎知道了“宋四家”“明四家”“清四僧”，中国美术史册缓缓向他展开，他渐渐明白：中国画坛群星灿烂，大师们各领风骚数百年。作为学生，他很幸运遇见名师。丁汎说：“即便在今天看来，我的导师王石也不亚于全国九大美院任何一位山水画教师。”他一直以此为骄傲。

改革开放以后，时值毕业季，丁汎由教育局分配到芜湖一中任教，重点中学初中只有四个班，美术课很少，这让他能有足够的时间专心画画，也正是从那时起他开始真正意义上的美术创作。他的老同学著名画家杨大全是他的引路人，从杨大全身上他看到书香门第之子生活如此简单，而创作思想是那样成熟。那个年代杨大全就入选全国青年美展，他的作品与著名画家罗中立的作品同时展出。杨大全出生在艺术世家，比同龄人有更深厚的艺术积淀。他对丁汎说，素描是为创作服务的，应该重视真正的创作。于是，教学之余他开始了国画创作，先从市职工美术作品展开始，第一幅人物主题画《看新娘》出手不凡，获得业内一致好评。紧接着，他创作的《父母心》入选省总工会书画展并获得优秀奖，免费去庐山写生半个月。对于一个画画的人，这种奖励远胜于奖金。参加庐山书画笔会，让他得以与安徽省一些知名画家零距离接触，一起写生，一起创作，夜来一起畅谈艺术人生，这让年轻的丁汛大开眼界。对于丁汛，这是一段美妙的体验，山石林木，溪水风声，阳光鸟鸣，这一切都激荡着他年轻的心胸，大自然之美在音乐家那里是旋律，在文学家那里是诗情，而在丁汛他们这一群画家眼里，可能是色彩，是墨韵，是舞动的线条。他开始思索做一个艺术家如何去拥抱与表达这个世界，呈现这个世界里一切的美……

庐山之行，收获满满，不仅进一步唤起了丁汛的创作激情，也让他在艺术创作上更加充满信心。在创作过程中，他与杨大全的友谊也始终保持着，直到现在，虽分处两地，两人还时不时在微信朋友圈对彼此的作品点赞点评。

向上的台阶　默默地追求

学院的严格训练，为丁汛的中国画打下坚实的传统基础。20世纪80年代他还曾创作过几幅水粉画，也制作过藏书票，并且参加过全国第三届藏书票展，作品在北京中央美术学院画廊展出。如果把绘画之路比作攀登，丁汛先生一直将目光盯着向上的台阶。1991年他克服生活与工作上的诸多困难去中央美术学院进修深造。

在中央美术学院，第一位影响丁汛创作的人是王彦萍老师，受荒诞文学的影响，尤其是“85新潮”，新文人画的影响，她的作品脱离主流社会，表现人与自然更深层的精神内涵，淡化客观物象，突出主观表达。

另一位对他影响较大的是田黎明老师，田黎明的画轻柔甜美而又优雅，借鉴油画中的高级灰调子，人物组合采用二维空间的平面形处理方法，展览中很容易与别人拉开距离。丁汛说，这两位老师至今依然影响着他的美术创作方向。

中央美术美院进修回来后，丁汛开始倾向民间艺术风，追求更本真的质朴，第一幅作品是1992年创作的《农家丰年》，这是他在创作形式上的根本转变，在文化部主办的第一届爱我中华中国画油画大展斩获铜奖，在首都艺术馆展出，并且由台湾艺术基金会收藏。

至此，丁汛的创作发生了根本改变，那就是在尊重传统的同时勇于探索，一些新的个性的元素开始出现并越来越完美地揉进他的画作里。新世纪后他迎来创作高峰期，2002年《正月里唱大戏》入选纪念毛泽东同志《在延安文艺座谈会上的讲话》发表六十周年全国美展。也正是在这一年，为了圆自己的专业画家梦，他毅然离开芜湖一中，在芜湖少年宫任教，并且更加发奋图强。2004年丁汛作品《中华粉彩系列》获新世纪首届安徽省美术作品大展铜奖。2007年他调至芜湖书画院，这一年他又获第二届安徽美术大展银奖。2008年他应邀回家乡巢湖艺术馆举办了个人水墨画展，巢湖书画院为他开设一场丁汛作品研讨会，会上他悉心听取了不同的声音。

2013年在芜湖书画院丁汛举办了个人作品展。他说，这次作品展他对自己毕生的艺术追求做了一次深刻的总结汇报。艺术界的朋友蜂拥而至，祝贺激赏，欢聚一堂。

笔者曾读过丁汛先生的一些画集，感受最深的是他重视对现实生活的感悟，也许与他童年的生活经历有关，他的作品具有浓郁的乡土气息。他画里的儿童嬉戏，线条简拙，墨韵生动，画面平和而不柔弱，恣肆而不怪诞，注重天然传情；他的另一些作品如《门神》《吉祥淮北》等，则能打破时空观念，以平面的构图，敷以大块红绿，表现吉祥喜庆。作者沉醉于自由之中，意象与装饰元素跃然纸上。由此可以说，丁汛的画风是多变的。但有一点是肯定的，他无论如何变化，中国画线条的韵律与抒情性不变，笔、墨、色交相辉映的特点不变。

画画，丁汛先生无疑是极其优秀的，很多人收藏他的画，也许时间会让他的作品呈现出更高的应有的价值，就像芜湖当年没有什么头衔的黄叶村先生一样。但我更喜欢的是他做人的姿态，与他认识和交往屈指一算二十余年，总是淡淡如水，毕竟隔着行当，但我们彼此是能够相互凝望的，无论当年在一中操场一起打球，还是在晚报副刊组织的一些活动，丁汛话虽不多，目光总是明亮传神，出语也机智幽默。2015年他退休后创建了水墨画工作室，自号山林轩。他时常约几位画友，在春秋季节外出写生、喝酒、吃土菜，听山林百鸟争鸣，过着简单的生活，一如既往地淡泊名利，率性画画，指点后生。其实这是人生难得的修行，无意中进入天真艺境，对于一个一生只热爱画画的人来说，是一种贴近人生本质的幸福。

素心墨香度华年

张蕾的工作室

芜湖环境最美的单位，在我心目中肯定是芜湖书画院，坐拥镜湖；波光潋滟，花木扶疏。芜湖女书法家韦斯琴、张蕾就在那办公，我因为参加少儿书法评审，那天去了书画院张蕾的工作室。她为我倒了杯水，我就参观起她的工作室，大大的画案，四周挂着她的得意之作或新近之作，窗外就是满湖的风景，鸟叫声总是能及时标点出寂静。我说，你一个人这么大办公室？她答，还有韦斯琴老师，她也过来。张蕾是2018年度中国“当代十大女性书法家”（提名奖）获得者，在我理解这应该是范围比较大、层次相对高的认可，超过了单次国展获奖。我在《书法报》上看到这个消息时，真心替她高兴。因为交往，所以关注，此乃人与人之常态。从某个层面上来说，我也是看着张蕾如何在高手如林的书坛脱颖而出的，或者说是知道她如何沿着墨香笔韵成为一个真正的书者的。在她还没有加入中书协时，偶尔会在我编辑的晚报副刊上发一些书画习作。多年前我曾撰文介绍过她，我预感她可能是继韦斯琴之后芜湖书坛另一位女性书法新星。现在看来，的确没错。当我在她的工作室与她聊起她的创作时，她感慨：此生选择了书法，就没有岁月可回头。早年她的作品只是停留在“技”的层面，其实书画远没有那么简单，比如技法中包含的黑白、长短、正斜、曲直、方圆、藏露、开合、向背、疏密、干湿、虚实等关系，这些无不与传统文化中的阴阳之道密切相关。书法不是简单地写几个字，更需要强大的传统文化支撑。

早年的张蕾

儿时，纤细的张蕾常在案边看父亲写字。父亲能写一手好字，她歪着脑袋，屏息凝望，也许书法的种子就在那个时候不声不响地落进了她的心田。父亲除了爱写字，还喜欢诗词歌赋，她也会跟着父亲吟诵诗词。此时，母亲必定会在一旁微笑着为这对父女鼓掌。

芜湖市少年宫开办第一期书法班，从全市各小学遴选出书法比赛的前几名作为学员，她幸运地被选上了。父亲领她去书法课堂，低声对她说：“一年之计在于春，一家之计在于和，一生之计在于勤。好好写吧。”

最初她并不懂得书法艺术中所蕴藏的道理，只是单纯地想把字写得好看一点，每天临摹三两张毛笔字，倒也乐在其中。就这样，书法伴着她度过六年小学时光。应该说，练的也是童子功呀。

之后张蕾遇到很多恩师，得到已故古砚收藏家季汉章先生引荐，成为芜湖市书法家协会主席汪东的门生，后又得到书法名家朱爱娣老师指点，书艺大长。这期间还有一个很重要的人走进了她的学书生涯，那就是已故的王业霖先生。王业霖先生生前不仅文章了得，书法造诣极高，但他从不收徒，尽管与张蕾之父有同窗之情，他依旧婉言相拒，直到他看到小张蕾临写的书法后，觉得真是块好料，才开始经常出入张家，对其言传身教。他认为小张蕾的书风神韵与唐人褚遂良有诸多暗合，便让其习练褚帖数帧。在张蕾的书案上，王先生留下许多墨迹，或是课稿，或是示范，这些故纸至今还被张蕾珍藏着。张蕾说，王业霖老师临走前曾将多年书写心得写成歌诀密示于她。因为她的导师有的与我也曾交往过，所以听她说起往事，也多了一份亲切。

如是觉元

张蕾字觉元，我曾经问她，这个字有什么说头吗？她说，2000年是其人生道路的一个重要转折点。她考入南京艺术学院书法篆刻专业学习书法，并取字觉元，意思是希望觉悟从这里开始。在南艺学习期间，师从黄惇、苏金海、庄希祖、季伏昆、郭殿崇等名师，导师们深厚的艺术造诣、严谨的治学态度、豁达的胸怀让她受益良多。她开始在书法理论和实践方面进行系统学习和梳理，包括书法史论。

在校期间，她对历代各种书体及有影响的书法作品遍临一通，从篆书到博大的汉碑，从尚韵的“二王”“初唐四杰”到宋代的苏黄米蔡，再到元代的赵孟頫，明代的董其昌、傅山、王铎等。我问她，钻研一多，风格各异，会不会让自己失了方向？张蕾说，这些文人的书法闪烁着艺术的共性之美，如果不把握历史的共性，而去追求所谓个性，可能会无所依托。之前从未参加过国展的她，在南艺学习期间书法艺术有了惊人的进步，获得江苏省第三届大学生书画大赛专业组一等奖；毕业之后她又入展全国第三届妇女书法篆刻展、全国第九届书法篆刻作品展、中日女书法家代表作品展等，并加入了中国书法家协会。

张蕾的字坚实有力，恢宏大气。她挥动大笔，在八尺的宣纸上笔墨纵横，酣畅淋漓，其作你很难想象是出自纤秀女子之手。刚考入南艺时，学校汇集各路英才，她顿感信心不足，是黄惇大师的鼓励让她重新找到自信。那天全班三十几名学生，照例将作品挂成一排，黄惇缓缓而过，一一点评。当来到张蕾那大幅的习作前，他停了下来，没有移步。此刻张蕾紧张得大气不敢出，没想到黄惇喊出一句："小姑娘气魄蛮大的，写得好！"这一声赞叹，让年轻的张蕾心帆立马被风鼓满，并坚定了她一生的信念与追求。

突破瓶颈

前些日子，张蕾为我以专栏稿子结集出版的书题写了书名《咏流年》，横竖各一，但她不甚满意，打动不了自己。

随着对书法研究的不断深入，张蕾深感中华文化博大精深，更感到自身的不足，前进路上有些力不从心。虽然她也入了中国书法家协会，获了一些奖，但"草萤有耀终非火，荷露虽团岂是珠"。如果满足当下，结局自然空茫，书家终究是以作品立世的。

为拓宽眼界，提升艺术水平，张蕾放下手头诸事，再次踏上北上求学之路，在王金泉、崔胜辉等老师的悉心教导下，她更深入地研究书法的内涵，对如何提高自己的审美理念和创作思想有了新的认识。书法之外，她开始向更多的艺术领域亲近。

读书，让她丰富知识，开阔视野，激发创作灵感。这样写出来的作品就有了深度，显得高古而质朴。除了读书，她也热爱音乐。她曾问我写文章时喜欢做什么？我说需要泡壶茶，需要相对安静。她说自己每次写字的时候，最长情的陪伴就是音乐，一支毛笔，一段音乐，能带给她一个有思绪的空间，书法的线条和音乐的旋律都具有流动性和抒情性。写不同的书体，听的音乐自然不一样，古典的、流行的，舒缓的、激昂的，只要好听她都喜欢。闲暇之时，她喜欢对着手机软件录歌，喜欢把自己的情绪与某一首歌曲联结，这是抒发情绪的一种方式，一种能够真正好好地跟自己安然相处的状态，不必随外界的波动而波动。

张蕾觉得书法和音乐对她而言，已经不仅仅是一种乐趣或是工作，它们与她密不可分，更像是已经融入血液和生命里。这一点我相信，我们在KTV听她陶醉地歌唱时，曾感慨，其实她不写字也许用音乐也能养活自己。

图为张蕾的书法作品。

张蕾说，北京回来后，她突然对书法有了新的感悟，也不再空茫无助，而是沿着花木掩映的书法台阶自然而然地拾级而上。生有涯而悟无涯，她将以一生的挚爱努力抵达可能的高度。

他把作品留在陶瓷上

我市画家丁之贵早年是以画马名世的。早在2001年丁之贵创作的《万马奔腾》以其制作之恢宏，气势之磅礴入选吉尼斯世界纪录。当时《人民日报》、《羊城晚报》、北京电视台等多家媒体纷纷作专题报道。这可谓他艺术人生的第一个高峰。在他第一本画册50余幅作品中，有马出现的就有17幅之多，可见画家对画马情有独钟。他的笔下，马的奔放、不羁、向上、俊逸乃至温良、通灵，都被展示得淋漓尽致。我曾现场目睹画家丁之贵挥毫画马，顷刻间笔走龙蛇，马骨铮铮，简劲之气令观者叹服。郑板桥几十年来画竹枝，直画到冗繁削尽留清瘦；丁之贵画马数十年，亦可谓奔腾万马，了然于胸。

画集里有一些表现古人生活的画，如《秋郊行猎图》，策马擎鹰的一群人都是些古人，但他们的脸上却没有一点期待的兴奋，甚至还有闭目假寐的。我开始寻找画面的中心。我发现此画流溢出来的不是沸腾的生命力，而是画家对古人行猎的独特反映，人马的气息将深秋的寒意挤得很远。我开始往下读。接下来是《大漠秋风》《神骥》，依旧是一些马，简洁、劲拔。丁之贵的写意小品也独具特色，像那幅《瓶中花》，一木窗、一瓷瓶、一束花，猫儿眼巴巴地盯着画在盘中的鱼，盘裂鱼断。题曰："猫儿为形所惑，画家为形所累……"愈读愈耐人寻味。《雨后》的画面，花枝散落，栖禽优哉，于小处亦见自然本质。特别是封面与封底的那两幅素雅高洁的小品，给人以抚摸青花瓷的温润感。它们不像一些过于闲适的画家笔底的小品，仅仅满足于一种淡淡的装饰趣味，而是将其作为一种人文情思与传统文化的载体。

我更喜欢的是丁之贵笔下的人物。无论是《青花瓷》《拨阮图》中的艺翁文士，还是《听松》《江风凉爽》里的田夫野老，均是面目高古，神情旷远，有超然物外之气韵。你看那《听涛》里的野翁，垮衣乱须，蒲扇赤脚，张口听涛之态，让人过目不忘。古翁、蒲扇、线装书、青花瓷……这样的人物在画家的笔下反复出现，似乎是画家不经意间的一种强调。塞尚把同一母题的凯旋山画上几十次，为的是挖掘绘画和自然的内质，而丁之贵在这里寄托的则是对历史与文化的一种乡愁。他的人物里极少有悦目的红颜仕女，但却比好看的仕女更打动人心。他笔底的老翁稚童，勾起的不是人的欲望，而是一种怀想，一种对文化的追怀。

丁之贵也画山水，那幅《风雪夜归人》很能体现东方文化的特点。虽说画夜归人，但漫漫雪山中，行人只是一点，一个看不清面目的小墨点而已。但这个墨点融化在大自然里时，就是和谐，就是天人合一。不过我觉得山水也许不是他最擅长的，收入画册的这几幅还没有看到空灵和磅礴。当然，这只是我的一种直观感受，缺少创作实践的我对于中国画的笔墨、气韵、意境等很难一层层深入。但有一点可以肯定，我在丁之贵的画里看不到浮躁与轻薄。他既有洋洋洒洒的《万马奔腾》长卷，又有一鸟一花、一人一石饱满到极致的小品。他结业于中央美院，毕业于南京艺术学院，画了三四十年，依旧激情饱满。我觉得丁之贵是一个虔诚地追求艺术境界的人，是一个有格调的严肃的画家。他的画集也是一本真正的画书，不管读者是不是画家，画里面有没有灵魂还是容易辨认得出的。

近年来，他似乎淡出人们的视线，画马的他现在画什么了？原来从2006年开始，画家丁之贵在景德镇接触陶瓷，2012年下半年签约在景德镇创作艺术陶瓷。2016年人社部书画专业人才委员会在景德镇成立陶瓷艺术委员会，他被委任为驻会副主任，和许多全国优秀艺术家、景德镇艺术大师们有更多的接触和交流。2017年丁之贵担任安徽省陶瓷协会副会长，2018年代表安徽省参加全国陶瓷行业技能大赛获“全国陶瓷行业技术能手”称号，同年获安徽省陶瓷技能大赛一等奖。此间他受聘成为景德镇陶瓷大学客座教授，可以说这是他艺术生涯的一个华丽转身。

这些年丁之贵在北京、上海、广州、银川、长春、潍坊等地举行陶瓷画展览，多家出版社为他出了画册，多家媒体为他作了专题介绍。从此，画马的丁之贵笔墨呈现在宣纸上的少了，而是以更绚丽的青花瓷和颜色釉面向更多受众。丁之贵笔下的题材范围也宽了，除了马，更多的是人物、花鸟。他把作品留在陶瓷上，留在更久远的时光里。

感受中国画的气韵

如果你不亲自拿起毛笔，蘸上水墨去宣纸上涂画并且浸淫其中，终究很难理解国画及其精神品质，尤其品味不了气韵之类的意境。只有你动手了，而且长时间与一位优秀画家在一起，很多次看他如何展纸着墨、运笔、构图、点染，并且边画边告诉你什么样的线条才是书画的线条，什么才是骨法用笔；在描写山水时，如何表现自然的和谐，减少人为的呆板；为什么要取舍增减，为什么要枯湿浓淡，如何打通画面的黑白气韵。直到你和他一起置身画中，此时你便能与画家一样感受到山间雾气，飞瀑流云，也只有这时你的心才是和画家相通的，与画面交融的。我是在多次看方宁先生作画后，豁然洞开，觉得一幅画的气韵并不是虚无缥缈的，是能够实实在在感受的。

中国画的“气韵”之说，始自南朝人物画家谢赫的《古画品录》，“六法”为：气韵生动，骨法用笔，应物象形，随类赋彩，经营位置，转移摹写。从此，“气韵生动”成为中国画根本性审美标准。六朝以后，原来作为人物画背景的山水景物终于成为绘画的主要表现对象。山水画兴起，产生了唐末荆浩的《画山水录》，荆浩将谢赫的“六法”分析整理，提出“六要”——气、韵、思、景、笔、墨。其中，“气”是指画家有度物取真的认识力或审美水平，它随着笔墨的运使而指导着创作全程，这个贯彻始终的心力或精神力量，被称为“气”；“韵”是指风韵、韵致的表现，时常是隐约的、暗示的，并非和盘托出。

方宁先生作画时特别强调中国书画的线条，他说线条是中国画的主要表现手法，线条里要有“气”有“韵”。他给我演示兰草、松树与老梅枝干的走笔，演示起笔、运笔与收笔的过程，解说线条运行过程中的方圆粗细、浓淡燥湿、转折顿挫等都暗含“阴阳”互补之道。虽然我们通常认为“线条”对应水墨画中的“笔”（用笔），但实际从广义上讲，以毛笔或其他工具运墨、用墨时，还是构成线条，因为一块块的墨连在一气就是朦胧起伏的线条。这一点，我看方宁先生画中的云、水、远山就有体会，因此说“笔中有墨，墨中有笔”。

方宁先生在他的作画笔记中有这样的话：“在国画创作中，一个不经意的落笔，往往是通向佳境的纽带。王维说意在笔先，那么意在笔后呢，我认为那就是熟而返生，这种熟而返生常可得意外之妙。”方宁是一个画家，也是一个思想者。他在作画时，常常尝试许多新的手法，习古而不泥古。当年在央美进修时，他曾把自己刻意模仿某位大师笔意的作品拿出来让导师看，原以为用功日深已得几分妙境，不曾想被导师劈头盖脸一顿猛批：“这些绘画手段，太陈旧，若这样画下去，绝无作为。”也许正是从那时起，方宁先生开始深入思考，如何在绘画中体现独特的个性元素。古人认为“气韵”难求，有发于墨者，有发于笔者，有发于意者，有发于无意者。发于墨，即在轮廓中点染渲晕；发于笔，干笔皴擦，力透而光自浮；发于意，我欲如是而如是，疏密多寡，浓淡干润，各得其当；发于无意，凝神注想，流盼运腕，不意为是，而忽然如是。

方宁先生思悟：无论是“六法”“六要”，甚至更多的新生的表现手法本身都必须遵循“气韵”兼到的创作原则，按照石涛的“一画”理论，“一画落纸，众画随之”，可是如果“一画落纸”，中间在用笔、用墨、物象、布局、题款、用章任何一方面、一个局部出了问题，也就破坏了整幅作品“气韵生动”的格局，创作主体在起笔绘写之前，若没有掌握那“一画之洪规”，那么他下笔以后，一笔不到，笔笔皆不到，则无可救药。

因此方宁先生授课时，始终不弃传统。他会向学生演示一些基本作画技巧，比如开合争让，有开有合；比如疏可跑马，密不通风；比如计白当黑，虚实相生；比如藏景露景，补景点景。这一点让我想到书法创作，起初追求平正，既能平正，务追险绝，既能险绝，复归平正。气韵是习练最后的结晶。

“韵”这个东西看起来很神秘，从哲学的终极追问上来看，确实如此，可是从主体的感受性上来看，不过就是指“有余意”“有想象的余地”。我们尊重作为中国艺术精神的“韵”，但又绝不是搞观念艺术，在作品中只求观念、意态、意趣、韵致，而抛弃绘画的形色类、个体的感受性，以及经由个体而领受到的时代精神、时代生活内容和生活经验。

那天方宁先生起初只在一张平尺大小的宣纸上演示山石的画法，画着画着就出现远山，出现云水，出现树，出现画面里黑与白的纠缠流动。他说，一定要懂得如何贯通黑与白，这样才能让气韵流动。当时我觉得看一幅画的诞生很有意思。纵观方宁山水画创作，特别注意气韵。他不无得意地说，新手想临摹他的画很有难度。他认为当代画家应该在充分认知气韵重要性的基础上，首先从培育主体的气韵开始，在个人修养上下一番苦功夫，然后笔墨紧追时代，意趣紧贴国画主脉，折中古今，融会画理，勤学苦练、巧练，将学与悟结合在一起，方可做到有所突破、有所创新、有所成就。

画家与藏书票

不知道你有没有这样的体会，买书时一张玲珑的书签会让你把玩良久。如果是，那么你一定会喜欢上藏书票的。藏书票可不是书签，它更能表明制作者与书主人的一种意趣，是一种闲适的艺术品。

芜湖知名画家倪建明先生是国内制作藏书票的名人。许多媒体都对他作过报道。他的个人藏书票专著《文化印象》，引起许多藏书人和藏书票爱好者的关注。他制作的藏书票种类繁多，票主知名度高，故事也多。虽然制作藏书票有苦有累，但倪建明总是将它当成一种最大的人生快乐。他常年穿梭在国内外各地，与众多票主见面，和同行交流，乐此不疲。

我当然见过他设计的藏书票，像小版画一样，黑白、套彩的都有，可真要给藏书票下一个定义，不容易。它至少包括这样几个组成部分：一是票面上要有票主名字，印有拉丁文“我的书”字样；二是以版画技法制作的“复数艺术”；三是艺术家制作过程中的版画的原创性；四是特殊用纸，不能用普通的酸性纸；五是除观赏价值外，它的实用价值就是贴在书上，表明书主人的一种文化情趣；六是必须要有作者签名。

倪建明先生制作藏书票已经有三十多年了，作为私有的藏书标记，藏书票强调个性设计，书票的内容离不开爱书、读书、藏书和票主关注的主题。藏书票这一艺术形式是典型的舶来品，但倪建明先生经过自己的摸索，创作出来的书票融入了越来越多的民族特色。白墙黑瓦的水乡风情、阳刚或妩媚的京剧人物、中国门神和敦煌飞天、清花瓷品和传统戏曲……这些都走进了他的艺术天地，真是方寸之间，盈盈乾坤。

倪先生说，艺术家总是想通过作品向人们说些什么。藏书票的交流、交换，使藏书票爱好者与艺术家两者之间形成了一种艺术温差的对流，藏书票通过探索和交流产生了不受空间、时间等局限，杂糅着多种审美情趣的艺术特色。有这样一个故事，2004年，法国立昂大学一位叫爱琳娜的女性，结婚30周年前夕，特意请倪建明先生为她制作一枚藏书票，她要求画面上有巴黎歌剧院右侧长廊第二根电线杆。倪先生来到歌剧院旁，实地观察那根电线杆，那是铜制的女性托着一盏灯的造型，票主说她的丈夫第一次在那里亲吻了她。在这里，藏书票已经脱离了书而独立成为一种纪念品，它也可以充当爱琳娜献给丈夫的一件礼物，具有了某种私密性。著名作家贾平凹收到倪建明先生的肖像藏书票后，来信致谢，称赞说，很好，就是太年轻。

有人也许会以为，小小藏书票对于画家来说基本是一挥而就，其实不然。倪建明先生曾制作一枚叫《尚水斋》的书票。这枚书票的诞生作者和票主沟通长达近三年，反复构思，从具象到意象，从高山、泉水、松树到尚水斋书房，具体到某一本书的印象，从中抽出关键词：书、山、白云、月亮、流水、翻动的书、水中的鱼。这类形象以不同符号组合。草图从繁到简，在点、线、面之间互动，上面的一朵祥云和书页在同一个空间中，书的页面中间留有一滴水，刻了凸版再刻拱花凹版，用纸浆填实水印，揭开如一块翠玉。其时倪先生在微信朋友圈发了一张试印样，著名旅美藏书票收藏家陆子敬先生评说：“书海翻波浪，或月夜静读，又水滴穿石，有韵味。棒！”他这才松了一口气，印了十张，而每张都有所不同，水印的魅力就在于此。

倪建明曾为著名作家鲁彦周先生做过藏书票。有一天他在安徽师范大学郑震教授家里见到鲁老，郑先生建议倪建明为鲁彦周和油画家鲍加做黄山风景的藏书票，还风趣地对他说：“你知道安徽有黄山、九华山、天柱山，你面前的鲁老也是一座山。”原来著名作家王蒙评价鲁彦周《天云山传奇》的文学地位时，称赞鲁彦周先生是一座山。

过些日子，倪先生将做好的藏书票送给郑震教授，郑教授说：“给鲁老做书票要用心，要读读他的书，了解他平时怎么观察生活，怎么塑造和提炼素材，作家和我们画画的观察生活的视角不同。作家善于塑造不同人物的性格，放到一起会擦出火花，会给你讲故事。我们从内容形式、形象、色彩入手是表面的，只有学会用作家的视角观察生活，作品的内涵才有深度。”于是他决定重新制作一张藏书票。

倪建明先生回忆说：“那几年鲁老来芜湖少了，有传他生病了还坚持吸着氧气写作，想去探望又怕打扰缠绵于病榻的鲁老。几年过去，我也退休了。再见到鲁老，是他由夫人张嘉老师陪同来参加原文联秘书长蒋老的摄影展开幕式。在人群中鲁老见到我时说：‘你头发也全白了，我还是叫你小倪……’大家笑着围着鲁老，又有人说，你得给鲁老师刻张藏书票。鲁老微笑着摸了一下银发说：‘好，刻得精神些！’我细看鲁老，眼眶下沉，显得苍老了许多，但我仍真切地感受到鲁老淳朴的话语是一种期待、一种鼓励。我在5cm×7cm的尺寸内，刻了两次。印好后托人带到合肥，请鲁老审核。五个月后我收到一张鲁老签名的书票，并存放到我的艺术档案中。这枚书票我刻得十分认真，因为太喜欢就又把它编入我的藏书票专集《文化印象》之中，2013年被上海图书馆中国文化名人手稿馆收藏。”

制作藏书票，是倪建明最爱的一种工作和休闲的方式，除了满足一个艺术家通常的表达欲望外，另一个收获就是可以以票会友，许多票主都成了他的好朋友。文化崇尚创新，这在倪建明的书票制作上体现得很充分，他在制作形式上与西方艺术接轨，在制作内容上融入中华传统文化，走的是博采众长的路子。

赤子其心　锦绣其文

——畅销书作家谈正衡的文学之路

在我的印象中，芜湖作家的书还没有哪一本能像谈正衡的作品这样震动全国书市，畅销大江南北。2017年他的著作《节气的呢喃与喊叫》入选国家新闻出版广电总局向全国青少年推荐百种优秀出版物名录；《味蕾的乡愁》作为2017上海书展精品书，被《文汇报》列入最值得购买的100本好书书单并予以推荐。此前，他的《梅酒香螺嘬嘬菜》《清粥草头咂咂鱼》《说戏讲茶唱门歌》一直都风行书市。由此，本埠与外地的许多读者与粉丝都想了解谈正衡，想了解他的经历，想了解他为什么有写不完的江南，写不完的故乡。

往　事

20世纪80年代，我在文学社一本油印的诗刊上遇见“谈正衡”这个名字，名字下那几句诗到现在还记得分明：冷落而孤寒/徘徊在黄昏/淋湿的山花/丢了归去的路径……没承想，接下来二十几年我跟他会朝夕相处。

太熟悉的人、太熟悉的景常常无从说起，仿佛房前屋后的植物那样，虽然并不漠视，也从来没想过要如何描述它们。我对作家谈正衡就是这样。我们曾多年在一个十几平方米的办公室里编稿看稿，他是我们晚报副刊部的头儿，我们一起策划版面，一起评说作者，一起吃饭，一起打牌下棋。他在芜湖租房那阵，晚上在报社写稿写迟了，或想洗个热水澡之类，我便邀他去我在洗布山的住处，那时我因妻子在外地工作形同单身。而谈老师的出租屋是房东一个旧厨房改造的，太简陋，就一桌一床。夏天曾有蛇爬到他床上，半梦半醒中他居然敏捷地将蛇捉住，丢到窗外，然后继续睡。

谈老师是吃过苦的人，这当然不只是物质生活的窘迫。在新出版的专著中，他曾自述：“38年前，在南陵县石铺公社一个叫杨村的知青点，我孤独而绝望地躺在床上。由于早春赤脚下水田劳动而受强寒刺激，微血管痉挛收缩，内耳由此得病，一夜之间听力几乎全部丧失。我是赤脚医生，便怀疑脑子里还长了肿瘤什么的，我固执地拒绝外出治疗。想到父亲因所谓历史问题正被隔离监管，兄弟姐妹早已如覆巢小鸟各分东西，逃到各自的乳母家……刚过20岁的我，便觉得自己已历经沧桑。路，似乎走到了尽头。”

但青春岁月里，即便苦难，也是诗意的。他继续写道：

那是一个窗外开满野蔷薇花的暮春的午后，一直守在我

> 身边的同学，替我从邮局取来包裹，拿出一本《普希金文集》，站在床头对着我耳边大声朗诵了《致大海》《致察尔达耶夫》，还有《自由颂》……在那片充满暴风雨的大海上，所有的水手和舵手都已死亡，不屈的诗人仍唱着“往日的颂歌”：怀着对光荣、善美的希望/我毫无畏惧地望着远方……

泪，缓缓从他的眼角浸出，都是他无比熟悉的诗章，可从未感觉如此强烈的震撼！一刹那，他紧闭的心扉訇然中开，几乎是大声喊出：“我要看一看鲜花，听一听鸟鸣，我要让生活进入一个真正的诗的世界！”一种新生和觉醒的欢愉。将他紧紧包裹。

1977年的深秋，谈正衡参加了“文革”后恢复高考的首届考试，他想考北大，那时满心里装的都是北大的人文逸事，他觉得不上北大，人生便无意义。夜晚，在清寂的煤油灯下，他写下了长诗《一个湖，一个未名的湖》。当然北大没有给他同等的热情，更没有拥抱他，倒是他的“初恋”走进了北大，在未名湖畔给他寄书。多年后他回首：

> 我感谢那个暮春季节里给我邮寄诗集的女孩，还有诗集扉页右下“1981年春于北京大学”一行钢笔字。其实，她并不知道我那时正被命运扼紧了咽喉。我曾反复地诵读《致凯恩》：“记得那美妙的一瞬/在我的眼前出现了你/犹如昙花一现的幻影/犹如纯洁之美的精灵……”那里面，一半是我的初恋，一半便是我对她的祝福。

每个人都有一些故事留在那个季节不再回来，任你怎样呼唤。时光荏苒，芜湖师专毕业的他被分配到西河中学教书。学校紧依青弋江，这条河对他对我都有着异乎寻常的意义。它是条母亲河，我们一样喝着河水长大。他因此写过很多关于青春岁月和那条河的文字。其中两万多字的散文《青青弋江水》是他很有影响力的作品，2014年他在安徽省作协举办的首届散文大赛中获奖并入围前20名。再后来，他调到县城文化馆，后又进了芜湖日报社，做了编辑，直到退休。如今，他依旧住在青弋江与长江交汇的地方。虽然谈正衡写过很多“乡愁”，其实他一生都没有离开过母亲河，没有离开过故乡和江南，这也是他后来不断写水乡、小镇、美食、江南风俗、底层人物的缘由所在。他熟悉这片故土，从没离开过。

创　作

有评论说谈正衡是属于经验性写作的作家，我基本赞成，他不属于灵光闪闪妙笔生花的那一类型，但经验的独特性往往也能成就一个作家。读者朋友一定还记得《鲁滨孙漂流记》和《飘》，这两本名著的作者都曾当过记者，前者依据真实故事创作，后者书中女主人公就有作者的影子。某种程度来说，作者丹尼尔·笛福和玛格丽诗·米切尔都是经验性写作者，玛格丽诗·米切尔一生只写过《飘》，但这并不影响她成为世界著名作家。同样也做过记者的谈正衡，他的笔也一样保留了自述式的率真，江南的植物、故土的风情、民间的人物、天空的鸟、水里的鱼，一样样烂熟于心，等岁月久酿，便人书俱老，虽然还不是汪曾祺的淡泊、沈从文的天真，但他不激不厉地游走，人物悲时，心有戚戚，花鸟俱来，意兴阑珊。如果说有枇杷晚翠之类，我觉得作家谈正衡的写作便是之一，花甲之年，笔唤春风，年年新著，本本畅销，可谓声名鹊起，赢得出版界深度关注。

我个人觉得谈正衡的文学创作应该分两个阶段，第一阶段是纯文学写作，时间很长。第二阶段是地域文化与民间文化的集中写作，多在近几年。

纯文学创作很早，可以说萌芽于他的青葱岁月，本文开头的诗句便是早年的他胸腔发出的呢喃，抒情、空灵。从20世纪80年代至90年代，他先后在《安徽文学》《清明》《星星》等发表作品，但还未引起主编与读者的关注。早期出版散文集《长河流月》《热写冷识集》《静夜凉风》，中篇小说集《白狐》及诗集《五月之岸》。这些书极有厚度，但发行有限，也未在参评中获得像样的奖项。但其实这些书中有很多的篇章很美很有水准，是珍珠蒙土，苔花向阴，如果深读，足以打动你，但我认为即使没有后期创作，谈正衡都值得我们尊敬。2004年，谈正衡受芜湖市委宣传部委托，在《人民日报》刊发介绍芜湖改革开放的整版长文《放歌一曲大江东》；2009年11月，他领衔为《光明日报》创作《芜湖赋》。一个作家，跋涉在文学之路，必然要承受常人难以体味的寂寞。

2011年秋，谈正衡卸任部门主管，工作相对轻松后，潜心开始“江南文化系列”的创作，开始了创作生涯的第二程。他连续出版《梅酒香螺嘬嘬菜》《清粥草头咂咂鱼》《说戏讲茶唱门歌》《故乡失落的鸟》《二十八城记》《花鸟物语》《回味：童谣思故乡》《节气的呢喃与喊叫》《味蕾的乡愁》十余本书，这些书多次进入畅销书行列。《梅酒香螺嘬嘬菜》参加2012年香港书展，入选一百本好书。《故乡失落的鸟》获首届呀诺达生态文学奖。《节气的呢喃与喊叫》入选国家新闻出版广电总局2017年向全国青少年推荐百种优秀出版物，是多家出版社一致公认的“作品内容充实，文笔灵动，适合休闲、放松，寄怀田园，了解过往历史”的精品。

也许有人会惊奇，谈正衡怎么一下能写出这么多书来？我不惊奇，他有几十年积蓄的“陈货”在仓库，这些畅销书是以他前面几百万籍籍无闻的文字作基础，只需直接取来或者稍加改造即可，如果没有纯文学创作阶段，就不会有当下的井喷式创作。

在这一波书中，依旧有纯散文式的书，如《故乡失落的鸟》，也是经验性的笔触，童年的记忆，故乡的回味，但写得自然、平和，也美。

作家唐玉霞说："看《故乡失落的鸟》，我很羡慕谈正衡这一代人有很多记忆，而且是美好的记忆，取自天然的东西无论如何总该好过后天人工合成的吧？这代人有很多真实的而不是自己做出来的记忆，记忆成为回忆，而我们这一代人眼睛里没有什么可以珍视的记忆，我们不回忆，不是不需要，是没有。一个有经历的人，于创作真的是一种难得的财富。"2017年8月中旬，上海书展邀请谈正衡作了专题讲座。《节气的呢喃与喊叫》一书首印15000册，上架后第2个月即售罄。

日　常

前一阵，芜湖文学圈内人聚会，有人感叹芜湖作家"阴盛阳衰"，芜湖的确有一批优秀的女作家，金花朵朵，朵朵鲜艳，令须眉汗颜。可是眼下男性作家中有一个谈正衡，多少可以得一份安慰。从作品的影响力、畅销程度与创作勤勉程度上，谈正衡堪称芜湖男性作家的旗帜，至少我本人这样认为。其实芜湖男性作家近年也创作出很厚重的长篇，吴兰波的人物传记《戴安澜》，范云松的抗战小说《忍无可忍》，孙再平、桂林合著的描写基层干部的《娘千岁爹万岁》，沈光金的历史长篇小说《匣中剑》等，每部都是几十万字，这些作品放到全国也是高质量的，可惜市场反响平平。在网络的冲击下，传统书界依旧活跃，而纯文学作品依旧寂寞。

地方的就是民族的。写故土，写水乡，写江南——作家谈正衡找准了文学与市场、文学与民俗的结合点。如今市场驮起他的文学梦，向高处远处高歌猛进。虽然从严格意义上来说，他收进书里的一篇篇文章不是纯散文，但那又如何？只要饱含文学的元素，只要有阅读的愉悦，只要有过往的风情，何乐而不为呢！假如你执意坚持纯文学，也可以不走市场，可以去征服所有的纯文学期刊，像莫言、路遥、贾平凹、王安忆、余秋雨那样。可是中国又能有几个这样的写作者？如果说他们是大树，自然也需要小树和花草。书界需要谈正衡这样的作家，读者也需要，这就是市场。

生活里的谈正衡随性平和，听力欠佳的他给人以憨厚的印象。聚餐桌上，只听他大嗓门说个不停，言语间也少心机，如果成心跟他斗嘴，八成他会落进别人的语言陷阱。讲花鸟虫鱼、乡里人物，他无所不知，侃侃不休。有人说沈从文是赤子之心，星斗其文。我认为谈正衡也有赤子之心，他的心地单纯，这一点只要看他下棋便能知晓。他总是一味与对手大打出手，刀枪并举，舍命相拼，图的是痛快，胜负倒放到其次。可以称道的还有他的文学创作，下笔汹涌，满纸锦绣，多产高产，广种广收。以他的勤勉，他应该可以走得更远。目前他已着手写长篇，他也曾表示，一个作家如果没有像样的长篇是不成的。我们可以静静期待他的长篇问世。

（附注：上文刊出几年后，谈正衡的长篇小说《芙蓉女儿》出版，散文集《故乡失落的鸟》也获得安徽文学奖。）

书写之道

——书法家王仕如先生的翰墨人生

认识王仕如先生当有十五载之上，当时觉得他生得俊朗，作品也清俊，内敛含蓄却又雅逸畅达，显然是浸淫“二王”日久。随后读他的作品越来越多，便记起此前他曾给一所学校题名，当时路过该校曾引起我的注意，只是没细看是谁题写的，落款很小。仕如书写，算起来有三十多年了，他是能潜下心来修炼内功的人。《散文》主编汪惠仁先生是文章里手，也是出色的书家，他讲过一句话，“一个文化人，总要守住内心那支自由开放之花”。这么长的岁月，无论是早年籍籍无名，还是现在功成名就，仕如都能把持有度，怀着最初对书道的虔敬之心，书写、阅读不止，上承钟繇、“二王”，后又潜心研究苏、米，作品终成端庄儒雅、萧散有韵之风格。

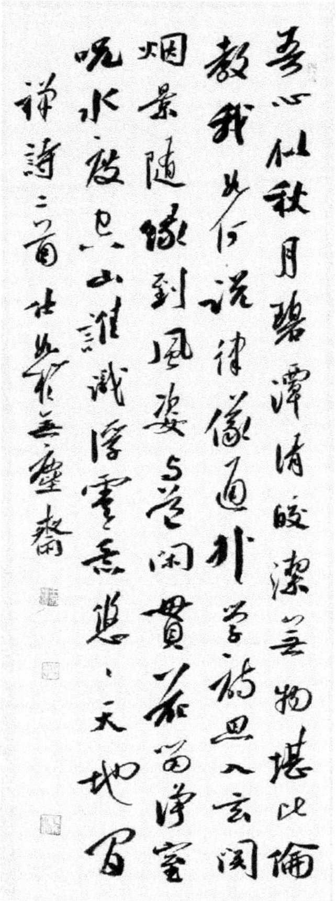

图为王仕如的书法作品。

我常常去仕如工作室，现场看他书写，可能是因为教学年久，他书写时特别从容，小到指甲盖的落款，大到手持斗笔连铺四幅六尺整张宣纸的巨作，总能驾轻就熟，一挥而就。那天去他的工作室，他刚刚书写完一幅作品，是李白的《将进酒》，写满四张六尺宣。这么大一幅作品，小到点画的形态、走向、质感、轻重，以及起笔、运笔、收笔，都一丝不苟。整幅作品的疏密停匀笔墨神采，都令人欣喜、兴奋。这大约就是平时人们说的“功夫”，抑或是有人评说的“技进乎道”了。

有个书友跟我聊天说，不知传统书道怎么就蜕变成了“书法”。所以人们研习书法，无非就是学习写字的技巧。古往今来，习书者沉湎于技者众多。其最诱人的理论是“技”进乎“道”。“技”能进到“道”吗？如果仅凭练习，若干时间就能产生一位书法家，那我们的书法家估计遍地都是，绝不罕见。“道”必有“法”，但“法”只是“技”，“技”却未必入“道”。正因为此，翻开厚厚的中国书法史，能够记载下来的书家寥寥，而用功的书者则比比皆是。这一点文学创作也是一样的。我个人觉得，这么多年来，王仕如先生书写时追求的不只是技法，他在能够“平正”之后，更多的是在禅悟“书道”。他将自己的斋号称“无尘斋”，我想也是他的一种自勉，脱离尘俗，追求书写之道与做人的境界。

前面提到的汪惠仁先生还说过一句这样的话：“江湖之所以让人盲

目，就是你急于在场。”王仕如在写字上，不急，很从容淡定，他在跟我喝茶聊天时也曾明确表示，自己要做一个真正热爱书写的人，虽然他有市场，但决不违心趋利；他教书育人，也从不贪图浮名。作为一个书写者，他的内心是自由的，性情是淡定的，这一点跟书写所沿袭和传承的要义一致。其实，这就是传统文人最愿意固守的精神之核：书道。

这个书之道、文之道、艺术之道，好像是人人都知道的，但艺术实践证明，真正入道的艺术家及其作品是少之又少的。这关乎天赋，关乎学识，关乎阅历，更关乎灵悟，关乎内心曲径通幽的那条小道。它是基于历史、人文、精神与血脉的综合体，是人生文化修养的积淀，是中国传统文化令人向往的精髓所在。所以，如果我们的书法家能真心仰慕钟繇，仰慕王羲之，也敬仰当代德艺双馨的书法大家，他的书法应该与王仕如先生的一脉传承，在纸墨前追求纤尘不染。

仕如先生无论是生活还是书写，是真正吃过苦的人，是从最低的尘埃起步。对于仰之弥高的书法艺术殿堂，他是一个虔诚的朝拜者，一步一拜，扎扎实实。品味王仕如先生的书法作品，让我想到的不是技法，而是悟道。当然在书道面前，仕如依然有许多的台阶要攀，他总是能清醒地看到自己的不足，并通过阅读来提升自己的境界，他非常钟爱明清小品文及佛典，这些也成了他喜欢书写的内容，抄写之余也喜欢背诵。偶尔作为一种放松，他也写写兰草，淡淡几笔，飘逸生趣。

为石欢喜为石书

——写给《艺瘦堂藏石选：百石、百词、百书、百印》

赏玩石头的人普遍认为，石头有两次生命：一次是物质生命，万年沉积诞生于地球之表，苍古而悠久；一次是艺术生命，被人拾取欣赏于心神之间，清奇而古朴。前者属造物之功，后者乃人文之趣。刘师银先生和夫人鲍建生女士就是给石头艺术生命的人。

奇石收藏是一种发现的艺术，它需要赏石者不断体验、不断积累、不断总结，从发现到表现，非一朝一夕之功，只有日积月累，才能抵达新的高度。观赏石的审美有观赏石审美的经验，这里包含着赏石语言词汇——造型、色彩、纹理、质地，该类石种的稀有性、奇特性，以及地理成因、形成难度等。这些赏石经验的形成，取决于赏石者的实践，需要赏石者拥有一双与美石互赏的慧眼。

赏石艺术在2014年11月经国务院批准被列入第四批国家级非物质文化遗产名录。当你打开《艺瘦堂藏石选：百石、百词、百书、百印》，你就会发现这是一本宣传和推广赏石艺术的独特著作，并在形式上与其他门类的艺术作了完美融合。

在中国赏石界，从古至今有影响的赏石艺术类著作，或有文无图，或有图无文，都有不足之处，出一部集石、词、书、印、文俱全的赏石类著作，是著者追求的目标。

著者从2017年初着手准备，从自身收藏的奇石中选取100方色彩各异的奇石作为载体，芜湖诗人张双柱先生为其创作古体词100阕，国内多位书法家为主创，将这100阕词书写成书法作品收入书中，奇石收藏者刘师银先生将100方奇石的题名篆刻成名章，并对每一方奇石作精彩的文字点评。

这部以石为媒的著作，石、词、书、印、文俱全，在安徽省乃至全国赏石界、收藏界都具有重要的影响力。《艺瘦堂藏石选：百石、百词、百书、百印》内容翔实，图文精美，是集赏石、文字、书法、印章欣赏为一体的好书。

著者之一的刘师银先生，芜湖人，号艺瘦堂主、不雕室主，现为中国观赏石协会理事，《新民晚报》社区版“中华奇石”专刊顾问，皖南赏石联谊会秘书长。另一位作者鲍建生女士，与刘师银是一对赏石界知名的伉俪，担任皖南观赏石文化研究会理事、铜陵长江石文化协会理事。二人早在2015年就已将自己的藏品编辑成《艺瘦堂藏石选》，为芜湖乃至皖南赏石界一本有重要影响的个人赏石类著作。夫妇俩创建的芜湖市第一个公益性石馆——镜湖赏石艺术陈列馆，在芜湖市镜湖区文化馆揭牌，普惠一方市民。

改革开放以来，中国赏石类著作出现了很多，最具代表性的为中国观赏石协会会长寿嘉华主编的《中国石谱》，内容丰富，收录的奇石品种齐全，是赏石类著作的集大成者。

《艺瘦堂藏石选：百石、百词、百书、百印》一书，虽体量不大，无法与上述著作相提并论，但是刘师银先生另辟蹊径，将赏石、诗词、书法、印章汇集起来，以诗词、书法、印章来诠释一方石头，形式新颖，内容丰富。

“藏石求真，做人求实”，“以文赏石，以石富文，赏石之道，贵在文化”。这是艺瘦堂主刘师银先生赏石与做人的座右铭。我们期待芜湖这对石界伉俪在赏石的道路上百尺竿头，更进一步，让赏石文化在美化城市环境、普及地质知识、提升群众文化品位、带动地方经济发展等方面发挥越来越大的作用。

第三辑

纸墨光华

小岭曹氏与宣纸渊源

与芜湖比邻的泾川，在文化上有一层难以分割的联系。有人这样赞美安徽泾川大地上孕育出来的宣纸：百折不损，光而不滑，宜书宜画，不腐不蠹，中国历史上的文史典籍、讲道经文、书画珍品大多赖此千古传存。宣纸，从诞生起就成为中国文房四宝中的珍品。关于宣纸的由来，迄今尚无可靠的文字供考证。在宣纸生产的故乡——安徽省宣城市泾县，流传着一个动人的传说：公元121年，东汉安帝建光元年，蔡伦的弟子孔丹在皖南造纸，他想造出一种世上最好的纸为老师画像，以表缅怀之情。年复一年终未如愿。有一天，孔丹徘徊于峡谷溪边，看见一棵古老的青檀树横卧溪上，由于流水终年冲洗，树皮腐烂变白，露出一缕缕修长而洁净的纤维。孔丹将其取来造纸，经过反复实验，终于大功告成，这就是后来的宣纸。当然这只是个传说，是人们对古代大发明家蔡伦尊崇的一种延续，一种民间式的表达。宣纸无疑是我国劳动人民经过长期探索所发明的，它是以独特工艺制造的纸中极品，备受世人称赏。

笔者采访泾县宣纸制作大师、非物质文化遗产宣纸技艺传承人曹光华先生，了解到宣纸的历史有一千多年了，主要产地是宣城市泾县小岭一带。这一点在相关典籍中也能找到证明。在中国宣纸博物馆里，有一张曹大三的画像，他就是曹光华先生的先祖。在曹光华先生家中，我见到这位先人画像的复印件，有遥远而熟悉的感觉，因为那上面白描人物勾线，看起来与我所见宗谱上的先人大同小异，有着一样的神态与风格。曹大三是迄今发现得最早有文字记载的宣纸生产者。修订于1993年前的泾县西乡《小岭曹氏家谱》中记载：“宋末争攘之际，烽燧四起，避乱忙忙。曹氏钟公八世孙曹大三，由虬川迁泾，来到小岭，分徙十三宅。见此系山陬，田地稀少，无可耕种，因贻蔡伦术为业，以维生计。”自此，泾县小岭曹氏一族，逐渐发展成宣纸工业中的佼佼者。据家谱记载，曹光华是曹氏二十九世孙。

从历史来看，制造出任何一样东西都有领头人。曹大三就是宣纸制造的领头人之一，而泾县就是宣纸的故乡。当然也有人说，宣纸的命名，除了产地泾县属于宣州府，因地而名，也是因为它产生于宣德年间，因时而名。当然，即便宣德一说无误，也丝毫不影响安徽泾县是宣纸的出生地，这已经是定论。泾县自古隶属于宣州府，泾县生产的纸都是由宣州府衙作为贡品进贡朝廷的。想来宣纸也许是进贡皇宫以后才会有这名字的，是宣州府送来的纸，不叫宣纸叫什么？至于宣德年间生产，也许只是碰巧的事，“宣德”只是历史长河中的一个瞬间，而安徽的泾川大地从古至今，山水依旧在，风物千古存。如今泾川小岭及境内的其他宣纸厂依旧星罗棋布，这一方水土依旧保留了这一古老的造纸工艺，有一批宣纸制作人不仅以此谋生，也以此为人生事业。

关于宣纸起源，当然还有别的说法。有学者论证宣纸起源于唐代的可能性较大，不仅有《历代名画记》《旧唐书》等古籍佐证，而且现存在安徽省博物馆的宋代张即之抄经原作也可以证明，该纸张完全沿用到现在的宣纸原料青檀皮和稻草制造。目前故宫等地纸质古籍保存最完好的均以宣纸为载体，而且还有不少唐代的实物。由此说来，上述说法也不是空穴来风。而且有关命名的问题，除了以地名和年号命名，还有以原料为名的，比如麻纸、棉纸、谷纸、海苔纸、山藤纸等。关于宣纸起源的多种说法也是宣纸文化博大精深的表现之一。

泾县地处皖南山区，山川秀美，处处峰峦叠翠，松竹葱郁，四季山花，烂漫如锦。山得水而活，水因山而媚。溪流潺潺，在万山丛中萦回。唐代诗人李白曾这样吟诵过："泾川三百里，若耶羞见之。锦石照碧山，两边白鹭鸶。佳境千万曲，客行无歇时。"不知这"若耶"是否指的若耶溪，应该是的。若耶溪在今浙江绍兴市东南，相传为西施浣纱处，水清如镜，照映众山倒影，窥之如画。李白能这样赞美泾川真是难得，正是这片神奇的土地孕育了中华民族的瑰宝——宣纸。

曹光华大师制造了以他名字命名的品牌"光华宣纸"。他说做宣纸，主要的原料有两个，一个是檀皮，就是我们曾经在路边上看到过的那种枝条很多的树，泾县到处可见；一个是沙田稻草。这两种东西都是泾县特有的植物。青檀一般称檀树，常生于石灰岩山地，也生于花岗岩山地和河滩溪旁，在泾县漫山遍野都是。其茎皮纤维优质，是制造宣纸和人造棉的原料。

曹大师说："这种树也怪，你越砍伐它，它就长得越茂盛，你不砍伐它，它反而不怎么长。它有点像割韭菜一样，割了马上发起来，一般三四年砍伐一次。"每年初冬是砍伐青檀树的最好时节。砍下的青檀树枝首先放在火灶上蒸煮，蒸煮过的青檀很容易去皮，劳动强度不大，因而这项工作往往是由妇女来完成的。

泾县的田地含沙量比较高。沙田稻草秆色泽黄亮，是一般的稻草不具备的。它是制作宣纸另一种不可或缺的原料。收割下来的稻草不能马上用，开始要用石灰腌，腌足了时间以后要把它洗干净，太阳底下晒，晒了以后又要加碱。再蒸煮，蒸煮以后摆到山上，经过日晒雨淋，自然漂白。笔者多次到过泾县，车行山中，常见绿色峰峦中山腰空出一块，有大片大片黄色晾晒物，这就是沙田稻草了，那是泾县大山中特有的景致。我曾经考问过同车的外地朋友，他们中无一人答对，谁能想得到呢？这大片大片的高秆稻草，加上那些漫山遍野的青檀皮，竟是洁白的宣纸的前身。

由于泾县山区的日照、年降雨量、温差、空气湿度等具有独特性，制造宣纸的檀皮和草料在山中摊晒，经自然漂白，遂成制造优质宣纸的特殊原料。据曹大师介绍，从檀皮到宣纸，最早的手工制作要经过170多道工艺，不管是檀皮还是稻草，没有太阳晒，没有雨水淋，没有经过日月淘洗，这种纸就不算宣纸。宣纸真可谓取之于自然，受之于自然，经水火相济，集日月光华。这样的纸当然不是普通纸所能比的。

据相关资料介绍，当年曹氏传人经常出入北京、上海、南京等大城市，那时的荣宝斋、九华堂、朵云轩等字画商店，都是曹氏家族的主顾。据说过去曹氏的纸到巴拿马去展览，在世界各国的纸中独树一帜，夺过大奖。

曹光华大师说起宣纸如数家珍，说起小岭与宣纸渊源更是声情并茂。作为曹氏传人，翻阅家谱，曹光华不仅可以找到自己的根，而且抚摸着曹家自己生产的宣纸，相隔近一个世纪，不仅没有褪色变黄，而且柔软如初，其内心怎能不存一丝得意？宣纸是中国的骄傲，是泾川大地的骄傲，也是曹氏家族的骄傲。

自从曹大三来到小岭，不仅有了安身立命之地，也给予了曹氏后人得以生息繁衍的生活技能，其福祐延绵至今。曹大三年少时英武敏捷，卓有智识，宋末时游至小岭。他到小岭后，即组织族人劈山开路，造桥筑坝，疏浚水源，踏勘设槽处所。太平泾阳祖地曹氏和虬川老家也派人前来支援。经过数年的艰辛努力，造纸生产基地终于在小岭建立起来。自曹大三开始，曹氏族人就开始了宣纸全套制作工艺流程的摸索和完善，后随着社会的发展，用纸需求量不断增大，曹氏族人又逐步试验并掌握了稻草制浆与皮浆、草浆掺和，按一定量配比的制纸法，这样便建立起小岭曹氏“灰碱蒸煮、雨洗露炼、日曝氧漂”的制料和“捞、晒、剪”环环相扣的宣纸生产工艺流程。这在宣纸发展史上是一个伟大的开端。到明代中叶，小岭曹氏的宣纸制造工艺又提高到新水平，创制出“潞王”“金榜”“白鹿”等名牌产品。及至清代，宣纸业走向鼎盛，宣纸工艺也辐射到县内其他地方，传到附近各县。清末民初，泾县宣纸多次在国际展览会上获奖。随着小岭曹氏宣纸制造业的扩大，产品行销国内许多地方，并逐步走向国际市场，小岭曹氏也逐步闻名全国，享誉世界。小岭被公认为“中国宣纸的发祥地”，小岭曹氏被冠以“宣纸世家”等美称，宣纸被誉为“纸中之王”“千年寿纸”，泾县被世人称作“宣纸之乡”。新中国成立后，宣纸作为中华民族的一块瑰宝和世界艺苑中的一朵奇葩，被联合国列为世界非物质文化遗产。宣纸发展到今天，皆源起于曹大三当年的开拓与创造。

靠着大自然的恩赐，凭着祖宗留下的技艺，曹家的后人们仍然以造纸为业。如今宣纸传承人曹光华在业内享有很高的知名度，他曾在安徽泾县红旗宣纸厂当了20年的厂长。据资料介绍，他的祖父在清朝末年就以制作“魁星”牌宣纸闻名，并在上海、武汉两地设有纸站。清朝时泾县及泾县附近各地盛产宣纸的记载明显多于以往各个历史时期。进士储在文，江苏宜兴人，康熙四十八年（1709年）曾宦游泾县，到过泾县宣纸之乡小岭，《泾县志》上载有他所作的《罗纹纸赋》，对小岭宣纸大加赞美。赋中充分反映了小岭及泾县其他地方在18世纪初宣纸生产的繁荣发达景象。到清嘉庆年间，宣纸品种十分繁多，“金榜”“玉露”“白鹿”“画心”“罗纹卷帘”“连四”“公平”“学书”等已成为艺林名纸。

清朝时期，宣纸生产地也不断增加，由小岭传至泾县全县，又由泾县全县进一步传至附近的县。就小岭来说，到清代末年，十三坑坑坑产纸，县内亦有除小岭之外的多处产纸地，东乡泥坑有汪六吉纸，另外赤滩、曹溪、乌溪等地都产宣纸。我们可以从一些诗文中看出清代宣纸生产的盛况：“山里人家底事忙，纷纷运石迭新墙。沿溪纸碓无停息，一片春声撼夕阳。”从这首诗里，我们真切感受到泾县造纸业的繁荣景象。

泾县以外也有多个造宣纸处，据文献记载，宣制生产已经传到宣城、宁国、太平等地。此外，南陵、繁昌也有生产宣纸的记载。

过去曾有两种绝对的说法，一种是宣城生产的纸才叫宣纸；另一种是宣城从未产过宣纸。而事实情况是，认为宣纸起源于宣城当然是错误的，无须赘言，但宣城县境内历史上确实也生产过宣纸。在现今宣城县境内周王乡茅山村胡家捞内，发现一个较大的宣纸工场遗址，位于京山堂北面，中龙山东麓，距宣（城）溪（口）公路两公里。这个场址包括晒料场地、制作房基和漂洗原料的“石板河”等，总面积约有1000平方米。晒料在中龙山中段的朝阳坡上，全系山石砌成，面积近万平方米，现大部分仍然完好。紧临晒料场的左边，有一条宽三米有余的山溪，该溪因汇蚂蟥涝、曹家崂一溪一涧，清澈的流水不仅流量较大，而且终年不断。据泾县有关宣纸厂老工人现场察看时说，只有这样好的溪水，才能造出高质量的宣纸。经晒料场下的一段溪流，长50米，宽4米，河底为一天然整板石块，无缝隙，光溜平坦，当地人称此溪为“石板河”，是为漂洗宣纸原料的天然漂池。沿溪两边的制作房基，至今仍然清晰可辨，若按现时的建房规格计算，共30余间。就其地势、宽深及坐落方位来看，为纸槽、料库、检纸房、工具房等。同时，在此处还发现了一只宣纸原料植皮专用的工具皮稚齿，系用坚硬的黑石凿制，凿纹清晰无损。据当地老人相传，该地生产宣纸最迟在太平天国时期（清咸丰年间）。太平天国后期，由于兵燹之灾和瘟疫流行，这一带的人口濒于灭绝的边缘，宣纸生产的技艺也随之失传，仅存其纸场遗址。

据《小岭曹氏宗谱》等相关材料记载，在太平天国时期，小岭繁荣的宣纸生产也同样遭受到摧残性的打击。当时泾县是太平军与清军拉锯战之地。小岭团练一度曾支持清军袭击太平军，后遭太平军报复。战事使小岭纸业一落千丈，村落为墟，人口锐减，纸业凋零。据《小岭曹氏宗谱》记载，成年以上的死者就有二百多人。又据当地老人口传，当时清军对太平军实施镇压，小岭田地荒芜，稻田里甚至长出一些高大的杂树，一派荒凉景象。泾县宣纸在经过了19世纪五六十年代的萧条后，自70年代始又逐步兴盛起来。除小岭外，在泾县北乡、东乡有更多的乡绅开始创办宣纸厂棚。其中，光绪初年曹恒源（步记、秀记）牌号便在泾县北乡的上郎坑、小岭皮滩上设宣纸厂棚；光绪三年（1877年）曹义发（鸿记、云记、和记、生记）牌号在泾县北乡官坑设宣纸厂棚，光绪十八年（1892年）老汪六吉（墨记）牌号也在泾县北乡设宣纸厂棚。光绪末年至民国初年，曹信义（鉴记）、曹怡顺（德记）、曹允吉（瑞记）、曹锦昌、曹恒吉、曹洪昌、曹同丰、曹兴泰、曹恒源（松记）、曹聚源等牌号的宣纸分别创办起来。诚如国学大师胡粗玉1908年10月在其所著《泾县乡土记》中所说："大小岭，实产纸之地，亦工界上之特色也。"在以上史料记载中，不难看出曹氏后人对宣纸接续传承之功。据说抗日战争时期，小岭再次遭遇战争，许多纸厂被焚，只有乌溪无日本兵进去，得以幸免。

新中国成立后，曹光华的父亲进入泾县慈坑宣纸厂工作，直到他接手宣纸生产。如今在小岭分布的十三个自然村落里，随处走走，依旧可以听到造纸工厂的声响。时光无法带走这古老而美妙的宣纸工艺。而曹光华大师也正是在这里让几乎失传的古宣纸工艺重新焕发出活力。

在位于小岭周坑的古宣厂里，古朴的，甚至是原始的生产方式依旧让参观的人称奇，这里的每一道生产工序都与传统的宣纸生产一样，生产的宣纸也如从前一样纯粹。但这种真正的宣纸产量很小了，据曹光华介绍，目前泾县境内一年生产这种宣纸不到1000吨，其中红星宣纸厂出厂的约占总产量的60%。2004年泾县境内能够生产正宗宣纸的产家有14家，如今不断有厂家退出，改产书画纸，因为坚守传统宣纸生产，在技术改造方面要加大投入。眼下只剩下5家，它们分别是乌溪的“红星”、晏公镇的“汪六吉”、城关镇的“双鹿”（曹光华牌）、丁桥的“三星”、苏红的“古艺”。对于那些大书画家，这五个品牌最值得关注，它们得千年真传的古宣精髓，只有这样的纸才能延续永葆大师之作的灵魂，才能流传恒久。

采访中我问曹大师，宣纸制作是否一定要坚守原来的工序，一成不变地保持宣纸固定的面貌。他的回答是肯定的，但同时也提出宣纸制作需进行诸多改进，特别是在满足书画艺术家对宣纸个性化需求方面，曹光华大师做了许多尝试与努力。用他的话说，他现在的经营模式是“抄近路”。就是直接根据画家的个性化需求，为他们定制创作所需要的纸。曹光华说：“画家们作画特点各异。有的人喜好大量地用水，有的人喜好大量地用墨，有的人好水墨，有的人好焦墨。具体地拿人物画来说，有以线条为主的人物画，有以水墨晕染为主的人物画，这需要纸张的不同性能来配合。而且从纸本身的结构来讲，并不是同一种料做出的就是同一种纸。在制纸过程中，每一个动作都能决定纸最后的品质。”也就是说，一个好的造纸师应根据画家的需求来发挥他的技艺。

曹光华介绍了如何根据不同作画特点选择适用的纸。比如用墨用水比较多的大写意山水，最好用特种净皮纸。因为这种纸皮多，承墨能力强，经得起反复揉擦，而且水墨在特种净皮纸上张力很大，扩散程度强。如果作小写意山水，则用净皮比较好，山水线条有写出来的感觉，需要纸的密度大一点，张力不需要很大。因为张力太大，一层层线条的变化就不太明显，第一遍线条与第二遍、第三遍的线条就会融在一起。所以这种画必须要层层添加，层层敷染，必须把第二遍、第三遍的线条都保护好。再比如画人物画，若画水墨人物用净皮比较好，因为水墨人物画也需要水和墨即时反应，也需要承墨能力好的纸；若是以线条为主的人物画，净皮绵连是较好的选择，这种纸薄、柔韧性好，表面光滑，线条可以很顺地走下来，并且有一点点延伸。再就书法创作来说，若写行草或狂草，讲求一气呵成，那就需要薄纸；若写隶书篆书，要使得墨“入纸三分”且能托得起，那就需要厚一些的纸。

出生于宣纸世家的曹光华，自己闲来也常练笔临帖。他的行书草书写得很有眉目，结体笔力都是很到位的，因而他对纸的性能解说如此精到也就不足为奇了。他先后为刘海粟、吴作人、赖少其和当代画家刘大为、韩美林、范曾、冯大中等特制过专用宣纸，对自己的宣纸制作工艺充满自信。他说：“画家使用了我的纸，感到哪个地方不满意，或者说他在市场买不到想要的纸，只要跟我说想要达到的用墨效果，我就可以制出他所需要的纸。”

曹先生说，很多人以为，只要在泾县卖的，可用于写字绘画的纸都是宣纸，这是不准确的，泾县境内产量最大的其实是书画纸。书画纸一般选用龙须草、竹浆或者是木浆在一起混合制作。这种纸张应该说具有一些宣纸书画的效果，但是不能作为作品纸长期保存。因为它时间久了容易发脆褪色，但是作为书画爱好者物美价廉的练习纸还是可以的。而且泾县这个地方自然条件得天独厚，水质好，环境适宜，即便是书画纸也比外地的出色。曹光华先生如是说。所以每年销量最大的书画纸不是那种真正意义上的宣纸。

宣纸是中国书画艺术的载体，中国古话说：皮之不存，毛将焉附？即使在造纸业十分发达的今天，真正能使中国的书画艺术展示魅力、传承千古的，仍然非宣纸莫属。“做传统工艺的宣纸，确实是比较辛苦，既费钱又吃苦，但是我为什么要做呢？因为老祖宗留下来的东西不多了，文房四宝里，宣纸是主要的。”像曹光华大师一样热爱宣纸的泾县造纸人如是说。曹光华也表示：“我这一代肯定要把这个纸延续下去，不会让它半途而废。因为这是一种文化，只有把它延续下去，才能对得起祖宗，对得起国人。”

在我问到红星宣纸厂为什么要放在乌溪而不在小岭时，曹大师介绍，位于泾县东部的乌溪，取水方便，水质十分特别，这是由于它的上游有两股泉水终年不绝，一条含淡酸性，一条含淡碱性，两股水都含有大量的微量元素，呈淡碱性的水源适宜制浆，呈淡酸性的水源适宜制纸。这为宣纸的生产提供了优质的自然资源，红星宣纸厂自然而然坐落在这里。红星宣纸厂是新中国建立后由政府扶持建立的第一家国营宣纸厂，就建在乌溪河畔，为了保证纸厂用水，还特意投资兴建了大水库。五十多年来，红星宣纸厂一直是全国最大的宣纸厂，至今仍然保留着传统的手工操作方式，“红星”牌宣纸早已驰名海内外。曹光华先曾在这里工作多年。他觉得，通过严密的生产过程，采用特定的原料，在特定的环境下进行纯手工式的生产，宣纸本身就是工艺品。

当我问到宣纸这几年价格上涨了几倍时，曹光华先生说：“除了原料紧俏、劳动力成本增加、环保投入加大外，这几年我们国内书画用纸的需求量在增加，增长的幅度还比较快，这反映了国家文化产业的繁荣，人民生活水平日渐提高，对文化生活的追求、对艺术欣赏的需求增加了。宣纸不仅是书画艺术的传播载体，而且纸寿千年，可以很好地保存下来。宣纸能够和艺术共存，它得到许多书画艺术大师的青睐。黄胄、李可染、李苦禅、赖少其等书画艺术大师曾多次来到泾县，留下了大量的丹青墨宝，寄托了他们对宣纸的一片深情。市场对宣纸需求一多，厂家对生产投放也变多，涨些价也是正常的。不过作为宣纸生产者，作为宣纸技艺传承者，我们不仅是做一个产品，而且是在做一项事业。中国画离不开中国宣纸。有人说，国画画得好，一半功夫一半纸。也有人说，国画家如果离开了宣纸，英雄就无用武之地。我能成为宣纸技艺传承人，成为宣纸工艺大师，我感到很骄傲！我要让光华牌宣纸成为红星宣纸之外的一个最响亮的品牌。我目前住在县城，但我从没离开过小岭，我常常回到那里，那里的每一处宣纸工厂都让我魂牵梦萦。无论是宣纸，还是曹氏家族，都与小岭有着难以割舍的渊源。”

宣纸非遗传人

1954年，宣纸非遗传人曹光华出生于泾县宣纸发祥地小岭境内，出生一个月后，他随父母来到一个叫慈坑的小山村。慈坑与泾县的其他山村一样，依着山，有很多树，当然包括树皮可以作为上等宣纸原料的青檀树，它们在这里满坡生长，非常多。这里的青檀，叶子呈椭圆状卵形，雌雄同株，小坚果两侧具翅，树皮青白色或呈不规则片状剥落，单叶互生，叶缘有锯齿，深绿色。这种树可能也是曹光华儿时最早认识的树木之一了。曹光华一家在山脚边搭建了一个简陋的棚子，星星对着棚子眨眼，山风从棚户中穿过。一阵雾过，棚顶就湿漉漉的。到了夏天，还有一种小虫常常从棚顶落下，常被鸟儿捉去。

曹光华的父亲叫曹湖生，是家里的顶梁柱，但过重的生活担子毁了他的身体，当曹光华出生时，他已经变得有些孱弱甚至老态，严重的胃病折磨着他。他在慈坑从事宣纸原料生产加工多年，主要是给当时乌溪宣纸厂就是后来的红星宣纸厂提供制造宣纸的原料。在曹光华出生前，这个贫困的家庭已经有了一个男孩和一个女孩，曹光华称他俩为大姐与二哥。母亲其实是生了五胎的，因为饥饿与疾病，有两个孩子没有成人就夭折了。

山里夜黑，鸟兽声都能传入小棚里，偶尔也有蛇穿行在草木间，住在这青山怀抱里的小孩子差不多就是放养在大自然中，他们年纪小小就知道帮父母做工，或去寻找食物，分担生活的艰辛。待曹光华牙牙学语正是风雨飘摇的年景，粮食远远不够果腹，一家人只能喝稀粥，母亲与姐姐常去采野菜、树皮、麻根、葛根充饥。父亲看孩子们可怜，也在劳作之余开出些山地种点菜和竹笋。正是靠着父亲的辛苦母亲的勤劳，一家人在这个山冲里熬过三四年时光。后来多病的父亲实在撑不住了，丢下妻儿去了另一个世界。对于曹家来说，这不啻晴天霹雳，坚强的母亲禁不住号啕恸哭，兄长与姐姐也是泪流满面，命运让这个家庭雪上加霜。

在孤零零的山冲里，父亲冰冷地躺在门板上，山风透过缺失的门隙吹得长明灯摇摇晃晃。年幼的曹光华若无其事地坐在旁边吃东西，他饿，只是想把一切能拿到手的东西塞进嘴里去，他还不能明白此时此刻他已经失去父亲，不能明白这场变故对这个家庭有什么样的打击。那一年，他还不满四岁。

送走父亲，坚强的母亲独自带着孩子们又坚持了两年，山沟屋边能够果腹充饥的马兰头、艾蒿几乎被他们采光了，直到 1960 年慈坑纸厂停厂，母亲才领着一家人离开这个山坳子。曹光华说，在他的童年里，饥饿是最多的体验。他曾经因为与小伙伴们在火盆里抢烤山芋、烤玉米吃，小手被火盆烫伤，至今留下疤痕。那个下午，在他的绿宝街铺面里采访时，我俩相对而坐，周围全是堆放的宣纸，有他家生产的，也有他早年存放的红星宣纸，四壁还挂着他收藏的部分画家的作品，都有叫得响的名头。我们坐在“宝贝堆”里边聊天边喝着泾川的汀溪绿茶，他给我续茶水时，伸过来那只烫伤的手，我看到那些增生结缔组织依然醒目，这是饥荒岁月打在他身体上的永久烙印。

慈坑的纸厂停了，没了生计，一家人得重新寻找出路。三个舅舅来了，将简陋家什挑到小岭，哥哥姐姐提些东西跟着他们。那天下着雨，母亲牵着年幼的曹光华，60里山路，母子俩步行了整整两天，实在走不动时，母亲就背他走一会儿。再来回首，曹大师也恍如梦中。只是这个梦存放在记忆的一角，不管落了多少灰尘，只要一触碰，依旧会有灰色的影像在脑海中一幕幕呈现，让曹光华大师唏嘘不已。他一直觉得童年里那一路的跋涉近乎千里之遥，日后所有的行走再也没有那么漫长。

终于走到了小岭古坝董村，这里是他们一家约好的目的地。曹光华蹲下来，他再也不想走了。母亲帮他揉搓着小脚，这一刻她特别心疼这个小儿子。长长的60里山路，两个整天，而且还下着雨。好心的亲戚给了一间破房供他们一家暂时安身。最初一段时期，母亲靠帮人家做针线活、洗衣服，打打零工养家。也是因为家境贫寒，姐姐早早出嫁了，哥哥也去山外跟一个木匠去做学徒了。母亲的身边只留下小光华。

光阴荏苒，转眼又是几年，别的小孩都进了学堂，曹光华直到9岁才开始念书。因学习机会来之不易，他比很多小朋友都认真。无奈曹光华生不逢时，赶上了“文革”，念到五年级，母亲送他到几十里地外的丁桥镇读初中，在那里只念了一年，家中再也无力支撑，曹光华就这样辍学回到家中，开始帮家里干活。那时他的哥哥也离家外出谋生，学木匠手艺还没有出师，挣不回工钱贴补家用。

长到十几岁，曹光华开始跟继父曹世堂做宣纸原料，那时小岭宣纸原料社成立了，主要为泾县乌溪宣纸厂也就是后来的泾县红星宣纸厂加工原料。曹光华小小年纪开始承担起与年龄不相称的劳作，砍柴、挑石灰，夜里三点起床，穿着粗粝的草鞋，挑五六十斤重的担子，翻山越岭送料到云岭许村，可以挣到五六毛钱，直到下午两三点返回，喝口水还得上山砍柴，偶尔还要挑担子去25里地远的泾县南门送料。他的童年提前结束了。到现在他都纳闷，天天压着那么重的担子，为什么他还能长得高高大大，分外结实。

对我们很多人来说，提到童年，总使人有些向往，不论童年生活是快乐，是悲哀，人们总觉得那是生命中最深刻的一段时光。年少形成的观念印象深固地刻在一个人的人格及气质上，最终影响他的一生。曹光华大师幼年丧父，苦难的童年磨练了他。如今人到中年，他不愿意再多说儿女情长的话，回忆起那些苦难也多半是轻描淡写，他只是约略地描画出童年的环境和生活轮廓，远远不是全部，也无法再现全部。

四岁以前，他一直就在慈坑的那座山冲里，常常一个人面对那些山那些树。他非常熟悉周边的一草一树，一沙一石，还有山里飘过的那些云，只是他还懵懂，混沌未开，童稚的心面对亲切的自然，还无法阅读，无法展开，他还没法俯视这里的一切。直到他牵着母亲的手离开慈坑，他都不明白为什么要离开这里，就像他最初为什么被父母带到这里来。如今隔着这么多的岁月回望这个叫慈坑的地方，曹大师心里是有许多感慨的，只是他无法表达，后来他又多次去过慈坑，重新审视过这里的一切。我想在他一次次回望慈坑这块土地时，就已经无数次打捞童年的记忆，无数次想要记住一些东西，或者想告诉别人一些东西，可是有些东西只能独自深藏在那里，永远取不回来了。

不久前，曹光华与他的妻子一同陪笔者重返小岭采风，这里到处都有他童年的记忆，一草一木都让他感到格外亲切。他一路走一路回忆，不时地让司机停下车，带我去附近看他当年工作的地方，看那些还在生产的宣纸作坊，看工人如何织竹帘。这些作坊都是家族式的，门脸不大，工人成排坐着，有男人也有女人，他们都熟悉曹大师，间或停下手中的活计与他亲切招呼一声，也友好地允许我给他们拍照。曹光华告诉我，这些竹帘的图案可以呈现在成品的宣纸上，画家们可以通过不同的竹帘制成自己喜欢的专用书画纸，以此作为作品的个性符号。

快到他们故居前，车停下了，走过一座石板桥，曹光华指着路边的青檀说："就是这些树，小岭山上到处都是。你看它的皮，纤维又长又有韧性。"说着他就动手折了一个小枝条，十分轻易地就剥开树皮，一捋，再抖一下，像儿时我们剥下柳枝树皮那样拎着给我看。他又指着一堆堆干棍一样的柴火说："那些都是剥过皮晒干的檀树枝，可用来烧火做饭。"我顺他手指的方向看去，一堆堆树枝零散堆放在院落里，周边有无名的植物生长，开着朴素的花。有些檀枝堆上还晾晒着豆腐渣之类的物品。如果你仔细观察，你会发现，曹光华看这些青檀树甚至这些干枯的树枝，眼神都是温柔的，有一种说不出来的情味。他又指着路边的小溪说："你看这水多清澈，特别适宜做宣纸。苍天钟爱我们泾川呀。"他的夫人在我们谈话的间隙去了旁边一家豆腐作坊，买来一叠刚出锅的茶干，还热气腾腾的，她一边递给我们，一边接着话茬说："这里的水也特别适合做豆腐，味道鲜美，是别处无法比的。这家豆腐坊主人儿媳，想到县城做豆腐卖，那里需求量大。可是一样的工艺，因为用了城里的自来水，就再也没有这样的鲜味了。"我吃了一块茶干，的确是美味至极。连我家乡著名的黄墓茶干与之相比也要逊色许多。

到了曹光华故居前，他指着屋前右侧一条山路说："以前公路没通时，这条路是唯一出山的路，运往山外的原料都得靠人工肩挑手推。"当年他稚嫩的双脚曾无数次往返在这条山路上。同去的文友陪我沿着这条山路走了一程，也想体验一下曹大师童年的足迹。回家后在他当晚的博客上写了这么一条：“泾川小岭生长很多檀树，山坡上都是，还见着了几百年的古檀，是檀树中的大王，树冠硕大，但它已经不能再贡献自己的皮肤了，它太老了，身上挂着标牌。小岭有很多纸厂，但周末的纸厂静悄悄的。小岭到处可以看到潺潺的水流，这流水呈淡碱性，宜造纸，宜做茶干，手工做出来的，今天品尝到了，可好吃了。”

近中午时，我们在宣纸鼻祖曹大三塑像前留影。曹光华先生说宣纸鼻祖曹大三塑像由曹氏后裔、河南曹氏宗亲会会长曹康宏先生捐资建造。塑像系选用湖北随州出产的优质花岗石建造，高 3.13 米，厚 0.67 米，宽 0.83 米，象征曹大三功高如山。塑像的下方是一莲花宝座，正面镌刻着曹氏始祖曹大三的传记，以此歌颂宣纸鼻祖的丰功伟绩。宝座的左侧镌刻着一轮红日，右侧镌刻着一轮明月，寓意曹大三对宣纸制作的功德与日月同辉。

到曹大师童年生活的小岭走走，在宣纸鼻祖曹大三的塑像前伫立，生出许多感慨，那些遥远的人事与近在咫尺的纸坊，那些故去的先人与依旧茂盛的青檀，亲切地走进我的生活，让我感慨宣纸就这样穿过岁月山川，穿过曹大师的先祖与他自己的童年，展开它缤纷世界的旅行。

泾川的底色

无论宣纸传人的童年生活有多么艰辛，可这对于宣纸的故乡来说只是一个过客，泾川整个的底色依旧是檀树的青绿、高秆稻的金黄。路边山坡上总是晾晒着大片大片青檀树枝和高秆稻草，一阵阵杵声迢遥传来，一条山溪像丝带从山腰间忽左忽右飘摇而下，每一个转弯处都有一处小小的瓦舍，屋舍趴伏在草木丛间，水碓借助山溪水力冲刷，咚咚咚，将草木在石窝内舂成粉末，化成纸浆。这些都是宣纸原产地的风景之一。这种水碓在皖南山区曾很常见，有些水碓不是用来冲碓纸浆造纸，而是将檀树舂成粉末后做成檀香，这种纯天然的檀香深受寺庙欢迎，是敬奉的上品。逢年过节，也会被迎进普通平民家中，缕缕青烟散发出怡人的香气，给人以安静祥和之感。

泾川地处皖南山区，常年气候温和，雨量充沛，境内有大小河溪146条，江河面积22平方千米，为宣纸生产提供了丰富的水源。不仅如此，此地的水质优良，适宜生产高档宣纸。

泾川四季分明，有春来迟、秋来早、冬夏两季长的特点；一年之中无霜期有250天左右，光照资源丰富，保证了宣纸原料不会在暴晒、暴雨和暴冻中风化和腐烂变质。泾川气温有较明显的垂直变化和区域差异，为宣纸生产提供了优越的气候条件。泾川的山地多属喀斯特地貌，适合青檀树生长。此地所产青檀具有皮质嫩、纤维均匀丰富、易提炼和成浆率高等特点。

泾川中部是一片冲积平原，土质含沙量高，适宜种植长秆水稻。此种水稻草秆柔韧、纤维均匀，易提炼，成浆率高。顺便说一下，这种高秆稻谷吃起来还特别香。山区人盛上满满一碗只需就点干菜腌肉，就能饱餐一顿，可惜它在产量上比不上改良后的矮秆稻，所以种这种高秆稻主要还是满足宣纸的生产。

此外，泾川山中生长着大量的野生猕猴桃。这种猕猴桃气味芳香，营养丰富，素有“果中之王”的美誉。当地人说，猕猴桃性寒，有些人不适合吃。不过这里要说的是猕猴桃藤，此藤同样含有丰富的胶汁，是制造宣纸必不可少的原料之一，而且取用方便。

我到过泾川小岭的一些宣纸作坊，宣纸生产不但原材料是天然的，制造过程也是手工而成，甚至连一台切纸机也没有。抄纸工用细篾竹盘在纸槽内荡呀荡呀，不经意间，细篾竹盘上便有了一层薄纱，似有似无一如蝉翼，倒扣于纸墩上，慢慢地，便有了一堆雪白。

晒纸的时候，一个内通蒸气的晒墙洁净无痕，抄纸工全凭直觉，将湿漉漉的纸贴附其上，眨眼之间，一页白纸便被工人轻轻揭下，然后有一天会落到文人墨客的案头，书写或作画，单页或成册，开始了另一种更唯美也更永恒的存在。

千余年来，宣纸产地主要分布在泾县西南方的小岭一带。小岭素有“九岭十三坑，坑坑造宣纸”之称。走在这样的山里，我不止一次想找找它与其他山脉不一样的地方，但其实非常相似，那些树与山石与其他山没有太大的异样，可只有这里适宜制造宣纸，这是大自然对泾川子民的厚意。在这里，仿佛每一株檀树、每一根沙田稻秆都成了泾川的底色。

清末以后，宣纸产地开始由小岭向外扩展，遍布乌溪、南容、苏红、古坝、晏公等地，作坊总数一度达到四五十户，抗日战争期间逐渐萎缩。听老人们说，日本兵所到纸厂，厂房被毁，设施被破坏，作坊工人也逃之夭夭，解放前夕几乎全面停产。所幸乌溪关猫山那边，日本兵未经过，一些宣纸作坊保存完好。新中国成立后，乌溪原怀远庄宣纸厂（中国宣纸集团公司前身）最先恢复生产。接着，小岭的许湾、元龙坑、西山等地也恢复了生产。20世纪80年代以后，“汪六吉”“汪同和”“鸡球”等一些传统品牌陆续在晏公、古坝官坑、关镇等地恢复生产。此后，各种品牌的宣纸厂家雨后春笋般涌现出来。其中，规模较大的国营、集体和乡镇企业有六家，初具规模的村办、联户和个体创办的宣纸厂有十余家，另有农家作为一种副业经营的单槽作坊四十余家。其中，新厂主要分布在县内青弋江沿岸。皖南的青弋江，古名清水，又名泾水、冷水，发源于黄山山脉西南部，为长江右岸主要水系之一。它的上游舒溪河源自黟县西北，方家岭北水为正源，清溪河为主河道，东北流至泾县境内接纳徽水后称青弋江，在芜湖市中江塔下入长江，全长275千米，流域面积7105平方千米。青弋江上游与太平湖相通，中下游与漳河、水阳江、姑溪河连接，青弋江南高北低，长度虽短，总落差竟有410米，共建有陈村、纪村等200多座中小电站。青弋江上游和中游为山区，自芜湖县西河镇以下为河道交叉的圩区，水网密布，水流关系十分复杂。下游流量的80%经漳河、赵义河、杨青河分流入长江。因此，青弋江干流在平面分布上形成了上宽下窄、自上而下逐段收缩的独特现象。这条河也是我内心敬重的母亲河，我是喝着它的水长大的，是它哺育了两岸生活的居民。李白写过的桃花潭其实也只是迢迢青弋江的一段。我供职的《大江晚报》曾组织过“行走青弋江”纪实专题栏目，记者沿江而下，图文并茂地采写了几十篇专稿，介绍记录了两岸的风土民情，拍摄了大量珍贵的图片，自然也少不得造访宣纸与宣笔生产的作坊，采访那些散落民间的能工巧匠。

从古至今，泾县造纸人不约而同选择依傍这条河流，除了取水便利，还因为这条河流是皖南人往返南京、芜湖等地的交通要道。一千多年前，诗人李白在青弋江上乘舟游泾县时写下《下泾县陵阳溪至涩滩》中有精彩的描述：“涩滩鸣嘈嘈，两山足猿猱。白波若卷雪，侧石不容舠。渔子与舟人，撑折万张篙。”碧水萦流的青弋江，沿岸风光如画。上游江水蜿蜒曲折地奔流在崇山峻岭之间，两岸千嶂壁立，翠岫凌空，奇秀多姿；下游自泾县至芜湖水流平缓，清澈如镜，良畴美田，阡陌如绣，人行其上，如游画中。李白曾三次游览青弋江，留下了20多首动人诗篇，在《与谢良辅游泾川陵岩寺》中，他写道：“乘君素舸泛泾西，宛似云门对若溪。且从康乐寻山水，何必东游入会稽。”

青弋江是皖南人民的母亲河，她承载着皖南厚重的文化和历史。青弋江沿岸的古镇码头都因水运昌盛而兴盛过，屈指数来，桃花潭、章渡、泾县城、赤滩、马头、弋江镇、西河、红杨、湾沚、方村、清水……曾几何时都曾是徽商货运和交易的重要集散地，其终点便是闻名遐迩以徽文化特色著称的芜湖十里长街。我猜想，沿途的每个码头古镇都曾有过宣纸的身影吧，至少芜湖十里长街一定有它的芳踪。直到今天，芜湖文化用品商批发的书画宣纸还有古玩店经营的宣纸依旧来自泾川之地。

随着中国经济体制的改革深入和现代生产方式的引入，传统的宣纸生产受到严峻挑战，不少宣纸厂家已经转产或停业。如泾县宣纸二厂（生产“鸡球牌”宣纸，国有）、李元宣纸厂（生产“三星”牌宣纸，村办）等均已转产或停产，其中包括曾经辉煌一时的小岭宣纸厂（生产“红旗牌”宣纸，集体）也停产了。宣纸非遗传人曹光华曾多年担任小岭宣纸厂厂长，他说，幸运的是，小岭宣纸厂消失之后，他个人又创办了双鹿宣纸厂，创立了新的宣纸品牌“双鹿”与“光华”，依旧保留着传统工艺，生产真正意义上的传统宣纸，是目前除红星宣纸集团外仅存的几家厂家之一。

在泾川，宣纸就是这样承载着博大精深的文化。《论语》与《史记》，《资治通鉴》与《红楼梦》，王羲之与郑板桥，顾恺之的《洛神赋图卷》与张择端的《清明上河图》……少了泾川这一页纸，中华文化哪能有如此美妙地呈现？宣纸传播了最具东方魅力的书法和绘画艺术，在中华民族的文化发展史中占有重要地位。

在泾川，除了宣纸外，还可看到大量待售与商家收藏的砚。砚又称为砚台、砚池等，它是磨墨不可缺少的工具，砚一般是用石块或是耐磨材料制作的。

除了宣纸，在宣州砚的生产也是有名的。砚产生的年代，目前尚难确定。从考古资料记载，新石器时代就有了研墨工具。但据《西京杂记》中的相关记载，砚始于汉代，主要是用瓷、陶、瓦等材料制作，外形如同盘子。磨墨不是直接用手拿墨在砚上磨，而是另用一块研石将墨压在砚台上研磨。到了唐朝，随着制砚技术的改进，就出现了石砚，并出现了名盛天下的端砚、歙砚等。到了清朝时代，砚台渐趋工艺化、美术化，除了实用之外，还有了收藏、观赏的价值。

2007年，西泠印社推出了“历代名砚专场”，清代伊秉绶等铭大西洞端砚以96.8万元的成交价成为全场“标王”。此后，名砚拍卖专场受到众多收藏者的追捧。2009年的一场拍卖会上，吴昌硕、沈石友、邵松年铭“和轩氏紫云砚”最终以548.8万元的高价成交，创下了当时文人砚拍的世界纪录。后来北京保利5周年春拍中，一方砚台以1400万元成交，打破了砚台拍卖的世界纪录。

砚台虽然在今天已经逐步失去了其作为器具的使用价值，但它却在艺术品拍卖市场上显现出勃勃生机，变成了人们喜爱的收藏品，延续着文人对文化的追求和敬仰。

除了纸砚，泾县也盛产毛笔，被称作宣笔。毛笔一直是我国传统书法的重要工具，可以说，汉字、书法是毛笔发展的产物。中国的毛笔历史悠久，据考古资料表明，远在仰韶文化遗址的彩陶上的花纹有一些就是用毛笔绘制的；春秋战国时期普遍使用毛笔，楚国叫“聿”，吴国叫“不律”，燕国叫“弗”，到了秦代才正式定名为“笔”，并且一直沿用至今。据资料记载，1954年长沙左家公山古墓中出土了一支战国时期的毛笔，从发掘情况来看，古今毛笔的结构差不多，只是制笔的材料不同罢了。

在晏公镇一次笔会时，我曾去当地一家宣笔厂，听工人介绍，制作一支上等的宣笔除了上等的材料，还需要几十道工序。由于毛笔不易保存，古笔的存世量稀少，因此毛笔的价值很高。2000年北京翰海一支明万历竹刻人物毛笔以7.05万元成交。2004年，北京翰海一支明万历竹刻花卉纹毛笔最终成交价为60.8万元。2008年嘉德秋季拍卖会上，一支明万历竹刻花鸟纹毛笔更是以103万元的高价成交。当然，那些笔一定比泾县宣笔制作得更精良。曹光华先生的纸店里有很多本地产的毛笔，因为他自己也常常书写，所以对于笔如对于宣纸一样精到，懂得制作、挑选，懂得辨别其中的上品。

在泾川，大多宣纸店铺除了销售宣纸、宣砚、宣笔外，也销售徽州的墨。墨与毛笔产生于同一时期，殷商时代的甲骨文中已有类似的墨迹，不过那时的墨只是一种天然石墨。

我国人工墨大约始于战国时期，从那时出土的竹木简来看，那时墨的质量已达到了一定的水平。随着汉代制墨规模的扩大，制墨作坊的规模也越来越大。三国时的书法家韦诞是我国记载的最早的制墨名家。随着时间的推移，到汉魏以后，制墨技术越来越发达，宋朝徽州成了全国的制墨中心。这里产的“徽墨”名扬天下，制墨名家辈出，胡开文、曹素功至今仍声名不衰。

在文房四宝中，曹光华倾注感情最多、投入最大的当然还是宣纸。他说，宋代以后，造纸技术日益提高，纸的品种也越来越多，纸张质量也得到大幅提高。老纸的价值在2011年的保利拍卖会上，乾隆三十年的洒金发笺纸以每刀10.64万元的高价成交。有收藏者介绍，乾隆年间老纸的高价拍出已不是新鲜事，因为古籍专场中的老宣纸拍卖结果往往都是动辄数万元。据曹光华介绍，不仅是清代民国时期的宣纸价格大涨，就连20世纪八九十年代生产距今不到30年历史的宣纸，一刀四尺宣（100张）价格也至少要在万元以上。

文房四宝本身就具有独立存在的艺术价值，保存下来的古代的文房四宝已成为今日的国宝。曹光华说，文房四宝中泾县独不产墨，所幸与绩溪毗邻，后又划归宣州如同自产，一直经营徽墨。徽墨丰肌腻理、色泽如漆、墨名高雅、造型别致；四面铭文图案隽雅大方，金银彩色，装潢精美。泾川宣笔小至蝇楷毛锥，大至斗书椽笔，因书体画派不同，选毫用材、式样各异，铭文雕绘极为洗练隽秀，装饰典雅。端砚、歙砚则有天然美的斑纹，晕色和石眼，柔美多姿，如端砚名品鱼脑冻、蕉叶白、青花、玫瑰紫、冰纹等，加上名师因材施艺，独具匠心的造型和精美的雕琢，使得砚台珍品辈出。

泾川出纸笔，也不乏砚墨，泾川人更惜纸敬字，在小岭在查济在黄田的每一个村落里，老人或孩子坐在青石上，决不会拿有字的纸张垫屁股。一个如此尊重文化的地方，笔不出在这里出在哪里呢？纸不出在这里出在哪里呢？深入泾川，不被那些清澈的河水感动，就会被那里质朴的工匠感动，他们是泾川的底色，映衬出无尽的文脉。

宣砚让文房四宝之乡锦上添花

位于旌德县白地镇的“宣砚小镇”，青山绿水，灰墙黛瓦。在这里我第一次认识了宣砚。宣纸、宣笔、宣砚，再加上盛产徽墨的绩溪划归宣城，让宣城“中国文房四宝之乡”的称誉实至名归。

宣纸宣笔与胡开文墨，此前我都有接触，对宣砚有些陌生。查资料得知，宣砚古已有之，唐代诗人李白曾有诗云：八月九月天气凉，酒徒词客满高堂。笺麻素绢排数厢，宣州石砚墨色光。宣州石砚又称宣砚，因产自宣州而得名。其石质结构为板页岩层状，黑色，质地细腻，具有温润简素，下发俱佳，呵气成珠，遇寒不冰等特点。据文献记载，宣砚始于东晋，在唐代盛行，在当时属于名贵砚品。随着传统砚石原料面临枯竭以及对其进行保护性的开发，近些年来，对新砚石原料的探求与研究一直在不断进行中，旌德县因在其境内发现失传数百年的宣砚石料并创制砚品成功，从而被授予“中国宣砚之乡”文房四宝特色区域称号。宣砚的发现既填补了宣城市作为“中国文房四宝之乡”的一大空缺，也让此前见诸文字的“墨玉”“雪洒残”等描述宣砚特质的石品找到依托，解决了砚石资源短缺的问题。宣砚让文房四宝之乡锦上添花。

宣砚石料的产地位于现宣城市旌德县，旌德曾隶属于黄山市，但旌德不属于旧时的歙州，而属于宣州。我国传统的文化遗产或非物质文化遗产基本以旧时的州为产地单元。因此，“宣砚”的提出是有特定地域意义的。从石质层面比较，歙砚的石质主要为板岩或千枚岩化的板岩，而宣砚的石质主要为炭质板岩。在变质程度上，前者略高于后者，有着更为丰富的纹饰特征，而后者矿物成分相对比较单一，结构构造也相对比较简单。但通过进一步研究发现，最适宜制砚的石料还是受到后期轻度角岩化影响的板岩。宣砚与歙砚石料同为板岩，但岩性特征上还是有着明显的差异。制砚的石质至少符合三个条件，块度是对石质矿物成分均一性的要求，硬度是对石质能否研磨的要求，密度是对石质发墨好坏的要求。从上述三点考量，宣砚完全符合制砚的基本条件，所以历代均有宣砚传世。也许是战乱的原因，也许是需求量的减少，明清以后，这一砚品出现了断代，而且一断就是几百年。制砚大师介绍，将现在开发的砚品与古代宣砚契合还有许多工作要做。

制砚人说，宣砚独有的特征，首先是润。润是四大名砚所共有的特性，也是区分砚石优劣的一个重要标识。我们说砚温润如玉，摸之若肤。温润是相对于燥涩而言的，一般来说，同一石品，水坑料要比旱坑料温润，风化程度浅的要比风化程度深的温润一些，有机质含量高的也要温润些。相对于歙砚，由于宣砚成岩年代晚，富含有机质成分，因此，仅从温润这一点来说，宣砚优于歙砚。

第二个特征是纯。宣砚的纯表现在两个方面，一是色泽纯正，乌黑发亮，如墨玉一般；二是成分纯正，主要是一些微粒的粘土矿物，在一定的温度和压力条件下固结成岩，没有其他杂质和深变质矿物成分。比如，我们在歙砚中可以明显见到一部分砚品中含有微量的绢云母微晶，而在宣砚中就看不到这一类变质矿物。

第三个特征是素。素就是简约，这一点主要表现在岩石的结构构造上。宣砚在结构上为致密结构，岩石的色泽、成分以及结构构造都缺少变化，也就是说，没有纹饰的变化。在现今开发的宣砚中，只有少量的银星石品，古称“雪洒残”。而歙砚石品类型多样，纹饰变化丰富。歙砚浓妆淡抹，宣砚则素面朝天。

宣砚的发现具有不同寻常的意义。早在2004年宣城就被中国轻工业部、中国文房四宝协会正式授予“中国文房四宝之乡”特色区域荣誉称号。相对于广东肇庆“中国砚都”、浙江湖州“中国湖笔之都”、安徽歙县“中国徽墨之都”等以单一文房用具为主的地区，这一称号的含金量不言而喻。

宣城笔墨纸三宝，可以说源远流长。有“千年寿纸”美誉的宣纸产于泾县；宣笔制作已有2000多年历史，泾县黄村是“中国宣笔之乡”；徽墨起于南唐，素有“天下墨业在绩溪之说”。但遗憾的是，湮灭在诗词和著录中的宣砚已被歙砚取代，成为一个遥远的记忆。宣砚矿的发现填补了宣城缺砚的空白，使得宣城“中国文房四宝之乡”的称号更加名副其实。

在宣砚小镇徜徉，静观刀与石的碰撞，感受制砚大师出品的一方方精美的宣砚，让人内心安宁，格外尊崇传统文化的魅力。